МАРК ЛЕВИ

СЕМЬ ДНЕЙ ТВОРЕНИЯ

СК
БЕСТСЕЛЕР

МОСКВА
МАХАОН
2008

УДК 82/89
ББК 84.4(Фр)
     Л36

Marc Levy

SEPT JOURS POUR UNE ÉTERNITÉ

ISBN 2-221-09767-X (фр.)
ISBN 978-5-18-000763-6 (рус.)

Случай — это обличье, которое принимает Бог, чтобы остаться инкогнито.

Жан Кокто

Посвящается Манин и Луи

В начале сотворил Бог небо и землю.
И был вечер, и было утро:

СЕМЬ ДНЕЙ ТВОРЕНИЯ

ДЕНЬ ПЕРВЫЙ

Лежа на кровати, Лукас посмотрел на отчаянно мигающий диод своего пейджера. Он закрыл книгу и положил ее рядом. Книга его порадовала. В третий раз за двое суток он перечитывал эту историю. Как он ни напрягал свою адскую память, на ум не приходило другого случая, когда чтение доставило бы ему такое удовольствие.

Он ласково провел пальцем по обложке. Этот Хилтон скоро станет его любимым писателем! Он снова взял книгу, радуясь, что неведомый постоялец забыл ее в ящике ночного столика в номере отеля, и уверенным жестом бросил ее в распахнутый чемодан в дальнем углу. Глянув на настольные часы он потянулся и встал с кровати. «Встань и иди!» — сказал он весело. Смотрясь в зеркало шкафа, он затянул узел галстука, поправил черный костюмный пиджак, взял со столика рядом с телевизором черные очки и положил их в нагрудный карман. Пейджер на его брючном ремне вибрировал не переставая. Он захлопнул ногой дверцу шкафа, подошел к окну, отодвинул тяжелую серую штору и выглянул во внутренний двор. В безветрии Нижний Манхэттен затягивало смогом, получал свою дозу копоти и *TriBeCa**. Денек выдался знойный, Лукас обожал солнце — кто лучше него знал всю тяжесть причиняемого светилом вреда? Не множит ли оно на иссушенных землях микробы и бактерии, не превосходит ли неизлечимостью саму Костлявую, не отсортировывает ли слабых от сильных? «И стал свет!» — промурлыкал он, беря телефонную трубку. Он попросил портье приготовить ему счет: посещение Нью-Йорка заканчивалось.

Он покинул номер, прошел по коридору, открыл дверь, выходящую на запасную лестницу.

Во дворике он достал из чемодана книгу, а сам чемодан отправил в большой мусорный бак, после чего зашагал по узкой улице налегке.

На одной из улочек Сохо с потрескавшейся мостовой Лукас высмотрел взглядом знатока чугунный балкончик, уберегаемый от падения с третьего этажа вниз всего двумя ржавыми заклепками. Там стоял шезлонг, в котором нежилась молодая манекенщица со слишком выпирающей грудью, до наглости гладким животом, пухлыми губками. Она ни о чем не подозревала и наслаждалась жизнью. Пройдет несколько минут (если его не обманывало зрение, а оно его никогда не обманывало) — и заклепки не выдержат, прелестница пролетит три этажа и разобьется вдребезги. Кровь потечет струйкой у нее из уха в трещи-

* Район на юге Манхэттена *(здесь и далее — прим. авт.).*

ну на мостовой, подчеркивая ужас на мертвом лице. Потом это миловидное личико начнет разлагаться в сосновом ящике, куда родня ее законопатит, придавив сверху мраморной плитой, окропленной литрами бесполезных слез. Сущая безделица, всего лишь повод для четырех корявых строчек в местной газетенке и для разорительного иска управляющему домом... Служащий мэрии, отвечающий за техническое состояние жилья, потеряет место (как же без виноватого!), после чего кто-нибудь из его начальников замнет дело, заключив, что несчастный случай вырос бы в драму, окажись под балкончиком прохожие. Есть все-таки на свете Бог — собственно, в этом и заключалась для Лукаса настоящая проблема.

День начался бы превосходно, если бы в глубине миленькой квартирки не зазвонил телефон и если бы эта идиотка не оставила трубку в ванной комнате и теперь не потащилась бы за ней туда... Откуда у манекенщицы взяться мозгам, разочарованно подумал Лукас.

Он стиснул зубы, его челюсти лязгнули. Такой же лязг издавал мусоровоз, громыхавший по улице и сотрясавший дома поблизости. Хруст — и от стены отделилась и со звоном обрушилась на тротуар металлическая лестница. В окне нижнего этажа отлетевшей железякой выбило стекло. Ржавые брусья, излюбленные жилища бацилл столбняка, покатились во все стороны. Взгляд Лукаса снова зажегся, когда вниз с головокружительной скоростью устремилась из-под крыши остроконечная стальная балка. Если его оперативное вычисление подтвердится, как всегда бывало, то ничего еще не потеряно. Он вышел на мостовую, вынуждая водителя мусоровоза притормозить. Балка пробила крышу кабины и вонзилась водителю в грудь, огромную машину резко занесло. Оба мусорщика на задней платформе не успели даже пикнуть: одного заглотнула прожорливая пасть кузова, где его тут же смололи в кашу неутомимые механические жвалы. Другой оказался от толчка на тротуаре, где его зацепила за ногу и потащила за собой задняя ось мусоровоза.

«Додж» подбросило в воздух, голые электрические провода очутились в водосточном желобе. Фонтан искр — и целый жилой квартал оказался жертвой замыкания. Глазницы всех светофоров в округе стали черными, как костюм Лукаса. С перекрестков, брошенных на произвол судьбы, уже доносились звуки первых столкновений. На пересечении Кросби-стрит и Спринг-стрит неминуемо должны были врезаться друг в друга обезумевший мусоровоз и желтое такси. Последнее получило бортовой удар и влетело в витрину магазина при Музее современного искусства. «Новый витринный экспонат», — пробормотал Лукас. Грузовик зацепил передней осью автомобиль у тротуара, и тот уставился слепыми фарами в небо. Тяжелый кузов с душераздирающим скрежетом лопающегося металла сорвался со станины и перевернулся, тонны отбросов вывалились из его чрева и покрыли мостовую тошнотворным месивом.

Грохот кошмарной развязки сменился мертвой тишиной. Солнце продолжало равнодушно карабкаться вверх, его лучи уже насыщали атмосферу зловонием и заразой.

Лукас поправил воротник рубашки, он испытывал священный страх, как бы кончики воротника не вылезли из-под лацканов. Он довольно озирал кошмар вокруг себя. Часы показывали всего девять утра, и начало дня можно было все же считать удачным.

Водитель такси уперся головой в руль, непрекращающийся надсадный звук клаксона сливался с гудками буксиров в нью-йоркском порту — чудесном местечке в такое ясное воскресное утро поздней осени. Лукас направлялся туда, чтобы перенестись на вертолете в аэропорт Ла-Гуардиа. Его самолет вылетал через один час десять минут.

* * *

На пристани № 80 торгового порта Сан-Франциско было пусто. София медленно положила телефон и вышла из машины. Прищурив на солнце глаза, она посмотрела на пирс напротив. Там, у гигантских контейнеров, суетились люди. Крановщики, вознесенные в своих кабинках на огромную высоту, виртуозно управляли изысканным небесным балетом тонких узорчатых стрел с грузами для судна, готовящегося к отплытию в Китай. София вздохнула. Даже при всем желании она не могла все сделать одна. У нее было много способностей, но вездесущей она не была.

Мост «Золотые Ворота» уже заволакивало туманом, из облаков, постепенно затягивающих залив, торчали теперь только верхушки мостовых опор. Еще немного — и работы в порту должны будут прерваться из-за недостаточной видимости. У Софии, неотразимой в форме инспектора по безопасности, оставалось совсем немного времени, чтобы убедить бригадиров — членов профсоюза скомандовать отбой работающим сдельно докерам. Если бы она умела сердиться!.. Человеческая жизнь несравненно дороже нескольких торопливо погруженных контейнеров, но люди меняются медленно, иначе ей здесь нечего было бы делать.

София любила атмосферу доков. Здесь у нее всегда было много дел. В тени старых пакгаузов скапливались все беды на свете. Здесь искали убежища бездомные, прячущиеся от осенних дождей, от ледяных тихоокеанских ветров, обрушивающихся на город с наступлением зимы, и от полицейских патрулей, в любое время года избегающих соваться в этот враждебный мир.

— Манча, остановите их!

Кряжистый мужчина сделал вид, что не слышит, и, прижимая к животу большой блокнот, записал в него номер очередного взмывшего в небо контейнера.

— Не вынуждайте меня составлять протокол, Манча! Возьмите рацию и прикажите немедленно остановить работы! — не унималась София. — Видимость уже меньше восьми метров. Сами знаете, когда она становится меньше десяти метров, вы обязаны дать свисток на прекращение работ.

Бригадир Манча подписал страницу, отдал ее молодому табельщику и жестом приказал ему удалиться.

— Не стойте под стрелой! Вдруг сорвется? Падающий груз не разбирает, на кого грохнуться.

— Ничего, не сорвется. Вы меня слышали, Манча?

— Что у меня, лазер в глазу? — проворчал бригадир, щипая себя за мочку уха.

— Ваша недобросовестность сильнее любого дальномера! Не пытайтесь выиграть время. Немедленно прекратите работы и закройте порт, иначе будет поздно!

Семь дней творения

— Вы работаете здесь четыре месяца, и никогда еще производительность не падала так, как за это время. Вы станете сами кормить семьи моих товарищей в конце недели?

К зоне погрузки подъехал трактор. Водитель почти ничего не видел и чуть было не врезался в тягач.

— Проваливайте отсюда, мэм, сами видите, вы мешаете!

— Мешаю не я, мешает туман. Придется вам расплатиться с докерами другим способом. Уверена, их дети предпочтут увидеть своих отцов сегодня вечером, а не получить от профсоюза страховку за их гибель. Пошевеливайтесь, Манча, еще две минуты — и я выпишу вам повестку в суд и сама дам свидетельские показания.

Бригадир посмотрел на Софию и сплюнул в воду.

— Полюбуйтесь, кругов на воде и то не разглядеть!

Манча пожал плечами, взял рацию и нехотя распорядился прекратить все работы. Через несколько секунд прозвучало четыре гудка, разом остановившие балет кранов, грузоподъемников, погрузчиков, отвальщиков и всей остальной техники, работавшей на пирсе и на борту грузовых судов. Портовым гудкам ответил издали туманный горн буксира.

— Из-за простоев порт в конце концов закроется.

— Не я управляю хорошей погодой и дождями, Манча. Мой долг — спасать ваших людей от самоубийства. Хватит смотреть на меня, как на врага! Терпеть не могу, когда мы цапаемся. Лучше идемте, я угощу вас кофе и яичницей.

— Можете сколько угодно упрекать меня своим ангельским взором. Учтите, при видимости десять метров я возобновлю работы.

— Сначала сумейте прочесть название на носу корабля! Вы идете?

В «Рыбацкой закусочной», лучшей в порту, уже было не протолкнуться. Всякий раз в туман докеры набивались сюда, не оставляя надежды, что погода вот-вот прояснится и день не пропадет даром. Пожилые сидели за столиками в глубине зала, молодые стояли у стойки, грызли ногти и пытались разглядеть в окно корабельный нос или стрелу бортового крана — первые признаки прояснения. Болтали о всякой чепухе, но каждый истово молился в душе о везении. Для этих разнорабочих, вкалывающих днем и ночью без жалоб на ржавчину и соль, вытеснивших, кажется, из их суставов костную ткань, для всех этих мужчин с бесчувственными мозолистыми ладонями не было ничего хуже, чем вернуться домой всего с несколькими долларами гарантированной профсоюзной получки в кармане.

В закусочной было оглушительно шумно: звенела посуда, вырывался из кофейной машины пар, бренчали в стаканах кубики льда. Докеры теснились группами по шесть человек на скамейках, обтянутых красным дерматином, и почти не пытались перекричать общий гвалт.

Матильда, официантка со стрижкой под Одри Хепберн, хрупкая женщина в клетчатой парусиновой блузке, несет поднос, так тесно уставленный бутылками, что ее умение сохранять равновесие кажется чудом. С торчащим из кармана передника блокнотиком заказов она снует между кухней и стойкой, между баром и столиками, между залом и кассой. В такие туманные дни она носится без передышки, но все равно предпочитает эту суету одиночеству при ясном небе. Она щедра на улыбки, умеет и состроить глазки, и хлестко отбрить нахала — все это ее способы поднять посетителям настроение. Дверь открывается, она оборачивается и улыбается: она хорошо знакома с только что вошедшей.

— София! Пятый столик! Поторопись, я уже собиралась за него сесть, иначе ты бы его не получила. Сейчас я принесу вам кофе.

София садится за столик вместе с не прекращающим ворчать бригадиром.

— Пять лет им твержу: установите, наконец, вольфрамовые светильники, так мы получим лишние двадцать рабочих дней в году. А нормы эти дурацкие: мои парни умеют работать и при видимости в пять метров, это же сплошь профессионалы!

— Бросьте, Манча, у вас тридцать семь процентов новичков!

— Новички для того и приходят, чтобы учиться! Наше ремесло передается от отца к сыну, здесь никто не играет чужими жизнями. Докерскую карточку во все времена надо было заслужить.

Физиономия Манчи смягчается, когда Матильда прерывает их. Она приносит заказ, гордая своим проворством, достигнутым долгой тренировкой.

— Ваша яичница с беконом, Манча. Ты, София, наверное, не станешь есть, как всегда. Я все равно принесла тебе кофе с молоком, без пенок, хотя ты и его не станешь пить. Хлеб, кетчуп — все, что полагается!

Манча благодарит ее с набитым ртом. Матильда спрашивает неуверенным голосом, свободна ли София вечером. София обещает заехать за ней в конце смены. Официантка с облегчением исчезает в густеющей с каждой минутой толпе посетителей. Из глубины закусочной проталкивается к выходу мужчина внушительного вида. У их столика он задерживается, чтобы поприветствовать бригадира. Манча вытирает рот и встает для рукопожатия.

— Что ты тут делаешь?

— То же, что и ты: заглянул на огонек к лучшей яичнице в городе.

— Ты знаком с нашим инспектором по безопасности лейтенантом Софией?..

— Мы еще не имели удовольствия познакомиться, — прерывает Манчу София, поднимаясь.

— Тогда я представляю вам своего старого друга, — говорит тот, — инспектор Джордж Пильгес из полиции Сан-Франциско.

Она радостно протянула руку детективу. Тот смерил ее удивленным взглядом. На поясе у Софии ожил пейджер.

— Кажется, вас вызывают, — сказал Пильгес.

София посмотрела на приборчик у себя на талии. Над цифрой 7 настойчиво мигал светодиод.

— У вас доходит до семи? Видать, важная у вас работенка! У нас выше четверки не бывает.

— Этот диод загорелся впервые, — взволнованно ответила она. — Извините, мне придется вас оставить.

Она попрощалась с обоими, помахала Матильде, которая этого не заметила в суете, и кинулась сквозь толпу к выходу.

Бригадир успел крикнуть ей вдогонку из-за столика, где инспектор Пильгес уже успел занять ее место:

Семь дней творения

— Не гоните слишком быстро, при видимости меньше десяти метров движение транспорта на пристанях запрещено!

Но София не услышала предостережения: защищая от ветра затылок поднятым воротником кожаной куртки, она бежала к своей машине. Захлопнув дверцу, она повернула ключ зажигания. Двигатель завелся с пол-оборота. Служебный «Форд» понесся вдоль доков, завывая сиреной. Со стороны казалось, что водительницу совершенно не тревожит ежесекундно сгущающийся туман. Она ловко лавировала между опор кранов, огибала контейнеры и замершие механизмы. Ей хватило считанных минут, чтобы домчаться до границы торгового порта. У поста контроля она притормозила, хотя в такую погоду путь должен был быть свободен. Красно-белый шлагбаум был поднят. Охранник пристани № 80 вышел из будки, но из-за тумана ничего не увидел: собственную вытянутую руку и то трудно было разглядеть. София поехала по Третьей стрит, тянущейся вдоль портовой зоны. После Китайской гавани Третья стрит устремлялась в сторону центра города. София уверенно маневрировала по пустынным улицам. Снова подал голос ее пейджер.

— Я делаю все, что могу! — возмутилась она вслух. — Крыльев у меня нет, а скорость ограничена!

Едва она произнесла эту фразу, как завесу тумана пронзила яркая вспышка. От могучего громового раската задрожали все окна вокруг. София чуть сильнее надавила на акселератор, стрелка спидометра поползла вправо. Перед Маркет-стрит она затормозила: сигналы светофора невозможно было различить. Дальше путь ее лежал по Кирни-стрит. От места назначения ее отделяло еще восемь кварталов, вернее, девять в случае соблюдения одностороннего движения, которое она не собиралась нарушать.

На ослепших улицах оглушительно шумел ливень, напоминавший потоп, от стука воды по ветровому стеклу впору было оглохнуть, «дворники» при всем усердии не справлялись со своей задачей. Из густой черной тучи, окутавшей город, торчал только кончик величественной пирамиды «Трансамерика Билдинг».

* * *

Развалившись в кресле салона первого класса, Лукас любовался в иллюминатор дьявольским зрелищем божественной красоты. «Боинг-767» кружил над заливом Сан-Франциско, дожидаясь маловероятного разрешения на посадку. Лукас в нетерпении постукивал пальцем по пейджеру у себя на брючном ремне. Диод номер 7 мигал не переставая. Стюардесса подошла к нему и попросила выключить прибор и поднять спинку кресла: самолет шел на посадку.

— Оставьте меня в покое, мадемуазель! Лучше посадите, наконец, этот дрянной самолет, я тороплюсь.

В динамиках раздался голос командира корабля: невзирая на сложность метеорологических условий на земле, они вынуждены садиться из-за малого количества топлива. Просьба к экипажу занять свои места, старшая бортпроводница приглашается в кабину пилотов. Самообладание стюардессы в салоне первого класса заслуживало «Оскара»: ни одна актриса на свете не сумела бы в такой момент состроить, как она, улыбку Чарли Брауна. Пожилая пассажирка, соседка Лукаса, не сумела сладить с испугом и крепко схватила его за руку. Лукаса позабавила влажность ее ладони, ее нервная дрожь. Фюзеляж сотрясали все более сильные толчки. Казалось, металл страдает так же сильно, как пассажиры. В иллюминатор было видно, как отчаянно трясутся крылья лайнера — наверное, это был максимум вибрации, предусмотренный конструкторами «Боинга».

— Почему они вызвали к себе старшую бортпроводницу? — спросила пожилая леди, чуть не плача.

— Командиру корабля захотелось кофейку! — откликнулся сияющий Лукас. — Что, струхнули?

— Это еще мягко сказано... Я буду молиться за наше спасение.

— Прекратите немедленно! Вам привалило счастье, вот и пользуйтесь: волнение полезно для здоровья! Адреналин все побеждает на своем пути. Это жидкое очистительное средство для кровеносной системы, он заставляет как следует трудиться ваше сердце. Ваш выигрыш — два лишних года жизни! Двадцать четыре месяца бесплатной подписки — это всегда неплохо. Хотя, глядя на вас, не скажешь, что вам от этого весело.

Рот у пассажирки пересох, она не смогла вымолвить ни слова, только вытерла тыльной стороной ладони пот со лба. Сердцебиение недопустимо ускорилось, ей стало трудно дышать, перед глазами запрыгали ослепительные искры. Лукас весело похлопал ее по колену.

— Хорошенько зажмурьтесь и сосредоточьтесь — глядишь, вам явится Большая Медведица!

И он расхохотался. Его соседка потеряла сознание, ее голова упала на подлокотник. Превозмогая жестокую тряску, стюардесса покинула свое кресло и подошла к ней, хватаясь за багажные полки. Из кармана фартука был извлечен пузырек с нюхательной солью. Она отвинтила крышечку и сунула пузырек бедной старушке под нос. Лукас наблюдал за ней, веселясь все сильнее.

— Между прочим, у такого поведения этой мамаши есть оправдание: ваш пилот позволяет себе невесть что. Прямо какие-то «русские горки»... Скажите-ка, между нами, конечно, это ваше снадобье, которым вы оживляете бабусю, действует по принципу «клин клином», «зло против зла»?

И он не удержался от нового приступа хохота. Старшая бортпроводница смотрела на него возмущенно: она не находила в ситуации ничего забавного, о чем ему и сообщила. Тут самолет ухнул в глубокую воздушную яму, и стюардесса отлетела к двери пилотской кабины. Лукас проводил ее широкой улыбкой и отвесил своей соседке звонкую пощечину. Та подпрыгнула и распахнула глаза.

— Она снова с нами! Сколько миль вы успели преодолеть в забытьи? — Наклонившись к ее уху, он добавил шепотом: — Не вздумайте стыдиться! Лучше посмотрите вокруг: они молятся, вот чудаки!

У несчастной не хватило времени на ответ. Под оглушительный рев моторов самолет коснулся посадочной полосы. Пилот переключил двигатели в режим торможения, и фюзеляж окатило тоннами воды. Наконец лайнер замер. Одни пассажиры аплодировали своим спасителям-летчикам, другие, молитвенно сложив ладони, благодарили Бога за то, что выжили. Лукас возмущенно расстегнул ремень безопасности, закатил глаза, потом глянул на часы — и поспешил к передней двери.

СЕМЬ ДНЕЙ ТВОРЕНИЯ

* * *

Ливень стал еще сильнее. София остановила «Форд» у тротуара под башней и опустила противосолнечный щиток, на котором обнаружилась маленькая эмблема с буквами *CIA*. Выскочив под дождь, она поискала в кармане мелочь и бросила единственную нашаренную монетку в парковочный автомат. Потом бегом пересекла открытую эспланаду, пробежала мимо трех вращающихся дверей, ведущих в главный вестибюль величественного пирамидального сооружения, которое она торопливо огибала под дождем. Пейджер у нее на талии снова завибрировал, она на бегу подняла глаза к прохудившимся небесам.

— Мне очень жаль, но мокрый мрамор такой скользкий! Все это знают, одни архитекторы не в курсе...

На последнем этаже башни часто шутили: мол, разница между архитекторами и Богом состоит в том, что Бог не мнит себя архитектором...

Наконец, она увидела в стене здания панель, чуть отличавшуюся от других более светлым тоном. Стоило ей приложить к ней ладонь, как панель уехала внутрь фасада. София вошла, и люк немедленно вернулся на прежнее место.

* * *

Лукас вышел из такси и уверенным шагом двинулся по той же паперти, где только что скользила София. На противоположной стороне той же самой башни он тоже приложил ладонь к камню. Панель, отличавшаяся от окружающих панелей более темным тоном, отъехала, и он проник в западную опору «Трансамерика Билдинг».

* * *

София без всякого труда сориентировалась в темном коридоре. Семь поворотов — и она оказалась в просторном зале из белого гранита с тремя лифтами. Высота зала была головокружительной. Девять огромных сфер, все разного размера, подвешенные на тросах, неведомо за что зацепленных, заливали зал опаловым светом.

При каждом посещении Агентства София испытывала сильнейшее удивление, уж слишком там все было необычно. Она поприветствовала привратника, привставшего за своей конторкой.

— Здравствуйте, Петр, как поживаете?

Она питала искреннее расположение к тому, кто всегда охранял вход в центральный офис. Каждый проход через эти желанные двери был связан с его присутствием. Не ему ли все были обязаны умиротворяющей обстановкой в этих замковых вратах, несмотря на напряженное движение? Даже в дни наибольшего наплыва, когда сюда устремлялись сотни посетителей, Петр, он же Зее, никогда не допускал беспорядка и толкотни. Штаб-квартира *CIA* не была бы такой, если бы не постоянное присутствие этого выдержанного, внимательного существа.

— В последнее время без работы не сижу, — ответил ей Петр. — Может, хотите переодеться? Где-то тут у меня был ключ от раздевалки, дайте-ка найти, сейчас...

Он стал рыться в ящиках, бормоча:

СЕМЬ ДНЕЙ ТВОРЕНИЯ

— Пойди найди в такой свалке! Куда же я их задевал?..

— Нет времени, Зее! — С этими словами София торопливо миновала раму контроля безопасности.

Стеклянная дверь распахнулась, София шагнула к лифту слева. Петр окликнул ее и указал на скоростную кабину посередине, возносившую пассажира сразу на самый последний этаж.

— Вы уверены? — удивилась она.

Петр кивнул. Двери лифта открылись, между гранитными стенами зала заметался звон колокольчика. София несколько секунд не могла заставить себя ступить в кабину.

— Поторопитесь. Желаю удачи! — напутствовал ее страж с ласковой улыбкой.

* * *

В старом грузовом лифте в противоположной опоре башни шипел и мигал неоновый светильник. Лукас поправил галстук, разгладил лацканы пиджака. Решетки лифта разъехались.

Его встретил человек в таком же костюме. Ни слова не говоря, он сухим жестом указал на сетчатые кресла для посетителей и снова сел за свой стол. Сторожевой пес, с виду настоящий злобный цербер, дремавший на цепи у ног дежурного, приподнял одно веко, облизнулся и закрыл глаз. На черном ковре остался клок пены.

* * *

Секретарша предложила Софии отдохнуть на глубоком диване, полистать журналы, разложенные на низком столике. Прежде чем вернуться на свое место, она заверила посетительницу, что за ней вот-вот придут.

* * *

В ту же самую минуту Лукас закрыл журнал и посмотрел на часы. Был уже почти полдень. Он расстегнул браслет и надел часы циферблатом вниз, чтобы не забыть подвести их после ухода. Иногда в «Бюро» время останавливалось, а Лукас терпеть не мог непунктуальность.

* * *

София узнала Михаила, стоило тому показаться в дальнем конце коридора. Ее лицо озарила радость. Всегда немного всклокоченная седоватая шевелюра, широкая кость, благодаря чему казалось, что он занимает больше места, неотразимый шотландский акцент (некоторые утверждали, что он позаимствовал этот говор у сэра Шона Коннери, чьи фильмы не пропускал) — все это придавало ему характерный для него одного облик, оригинальную элегантность. София обожала манеру своего наставника с пришепетыванием произносить звук «с», еще больше — ямочку у него на подбородке, сопровождавшую улыбку. С самого ее появления в Агентстве Михаил был ее крестным отцом и поручителем, ее наставником, идеальным образцом для подражания. Он сопровождал каждый ее шаг вверх по иерархической лестнице и очень старался, чтобы в ее личном деле не появилось записей отрицательного свойства. Терпеливый, до самозабвения внимательный учитель, он умел выявить в подопечной ее лучшие свойства. Своим несравненным великодушием, уместностью каждого жеста, тем более поступка, душевной живостью и искренностью он умел усмирять Софию, нередко удивлявшую окружающих своим упрямством. Что же до ее необычных вкусов в одежде... Что ж, здесь всем давным-давно было известно правило: не всяк монах, на ком клобук.

Михаил всегда поддерживал Софию, потому что с самого ее поступления угадал в ней кандидатку в элиту, хотя очень старался, чтобы ей самой это оставалось невдомек. Его взгляды никто не осмеливался оспаривать: его дружно признавали непоколебимым авторитетом, уважая за мудрость и преданность. С незапамятных времен Михаил был в Агентстве вторым номером, правой рукой Главного, которого здесь, наверху, величали «Господин».

Сейчас Михаил остановился перед Софией с папкой под мышкой. Она вскочила и обняла его.

— До чего здорово снова тебя увидеть! Это ты меня вызвал?

— Да. То есть не совсем... Подожди здесь, — сказал Михаил. — Сейчас я за тобой вернусь.

У него был не свойственный ему напряженный вид.

— Что происходит?

— Не сейчас, позже объясню. Сделай милость, вынь изо рта эту конфету, прежде чем...

Секретарша не оставила ему времени договорить: его ждали. Он заторопился дальше по коридору. Оглянувшись на ходу, он подбодрил Софию взглядом. Из большого кабинета до него уже доносились обрывки оживленного разговора.

— Нет, только не в Париже! Там вечно бастуют, там тебе было бы куда проще: что ни день, то демонстрация! Не настаивай... Столько это длится, а они ни разу не остановились, чтобы сделать нам приятное!

Воспользовавшись короткой паузой, Михаил поднял руку, чтобы постучать в дверь, но рука замерла в воздухе, когда голос Господина произнес еще громче:

— Азия и Африка тоже не годятся!

Михаил согнул указательный палец для стука, но его рука опять застыла в нескольких сантиметрах от двери, потому что в кабинете громко раздалось:

— Никакого Техаса! Ты бы еще Алабаму предложил!

Третья попытка Михаила постучаться оказалась такой же неудачной, хотя голос в кабинете стал тише.

— А может, прямо здесь, как ты думаешь? Не такая уж плохая мысль... Не придется зря колесить по свету, к тому же мы давно оспариваем друг у друга эту территорию. Предлагаю Сан-Франциско!

Тишина означала, что наступил удобный момент. София проводила Михаила, исчезающего за дверью кабинета, робкой улыбкой. Когда дверь за ним закрылась, София повернулась к секретарше.

— Кажется, он взволнован?

— Да, с самого начала западного дня, — последовал уклончивый ответ.

— Из-за чего?

— Я многое здесь слышу, но в тайны Господина все-таки не посвящена. К тому же вы знаете правила: мне ничего нельзя рассказывать, если я дорожу своим местом...

СЕМЬ ДНЕЙ ТВОРЕНИЯ

Секретарше стоило большого усилия промолчать целую минуту, потом она не выдержала:

— Строго по секрету, только между нами: будьте уверены, не одному ему приходится несладко. Рафаил и Гавриил провозились всю западную ночь, Михаил присоединился к ним с наступлением восточных сумерек. Похоже, дело дьявольски серьезное.

Софию забавлял чудной лексикон Агентства. Впрочем, мыслимое ли дело — отсчитывать здесь время в часах, когда в каждом часовом поясе на земном шаре время свое? Когда она в первый раз иронически отозвалась об этом, наставник-поручитель объяснил, что всемирный охват деятельности Агентства и языковые различия его персонала обуславливают некоторые принятые здесь специфические выражения и другие особенности. Запрещалось, к примеру, обозначать тайных агентов цифрами. Некогда Господин сам выбрал первых членов своего ближнего круга и дал им имена, и это вошло в традицию... Координации деятельности CIA и ее иерархическому построению способствовал свод простейших правил, очень далеких от принятых на земле представлений. Ангелов всегда различали по именам.

...ибо так принято было с начала времен в доме Господнем, называемом также CIA — «Координационным Центром Ангелов».

Господин расхаживал по кабинету с озабоченным видом, заложив руки за спину. Иногда Он останавливался и смотрел в большое окно. Густой облачный слой внизу полностью скрывал землю. За необъятным оконным проемом раскинулась бескрайняя синева.

Он раздраженно покосился на длиннющий стол для переговоров, протянувшийся через весь кабинет и упиравшийся в дальнюю стену. Повернувшись к столу, Господин толкнул локтем стопку папок. Все его движения выдавали плохо сдерживаемое раздражение.

— Старье! Пыль и тлен! Хочешь, скажу, что Я об этом думаю? Все эти кандидатуры — одно старичье! Как тут можно надеяться на выигрыш?

Михаил, остававшийся до этого у двери, продвинулся вперед на пару шагов.

— Это все агенты, выбранные Вашим Советом...

— Вот именно, Моим Советом! Полное отсутствие идей! Мой Совет только и делает, что бормочет одни и те же притчи, потому что устарел! В молодости они были полны идей по усовершенствованию мира, а теперь готовы опустить руки!

— Их достоинства остаются прежними, Господин.

— Не отрицаю. Но посмотри, каков результат!

Он повысил голос, отчего заходили ходуном стены. Ничего Михаил так не опасался, как вспышек Господнего гнева. Случались они чрезвычайно редко, зато последствия бывали разрушительными. Чтобы угадать Его нынешнее настроение, достаточно было взглянуть на погоду за окном.

— Разве решения Совета последнего времени способствуют прогрессу человечества? — продолжил Господин. — Не вижу, чему радоваться. Скоро нельзя будет повлиять даже на пустяковый взмах крыла бабочки. Между прочим, ни Мне, ни ему. — Он указал на дальнюю стену кабинета. — Если бы почтенные члены Моего собрания научились шагать в ногу со временем, Мне не пришлось бы принять этот абсурдный вызов. Но пари уже заключено, значит, нам требуется что-то новенькое, оригинальное, яркое. Творческая изобретательность — вот что нам необходимо! Завязывается новая кампания, и в ней решится судьба этого Дома, дьявол разрази!

Из-за дальней стенки кабинета раздался в ответ на эти слова тройной стук. Господин бросил в ту сторону раздраженный взгляд, уселся у края стола и с хитрым видом поманил Михаила.

— Покажи, что ты прячешь под мышкой!

Верный помощник в смущении приблизился и положил перед Ним картонную папку. Господин открыл ее и стал изучать содержимое. Уже на первых листах взор Его загорелся, лоб наморщился, выдавая растущий интерес. Досье завершалось подборкой фотографий.

Блондинка, гуляющая по аллее старого кладбища в Праге, брюнетка, бегущая по набережной в Санкт-Петербурге, рыжая, изучающая снизу Эйфелеву башню, короткая стрижка в Рабате, длинные волосы, треплемые ветром в Риме, кудрявые на площади Европы в Мадриде, янтарные на кривой улочке в Танжере... Повсюду она выглядела пленительной. И анфас, и в профиль — ангельский лик. ГОСПОДИН вопросительно указал на единственное фото, на котором у Софии оголилось плечико: Его внимание привлекла одна мелкая деталь.

— Это всего лишь рисунок, — поспешил с объяснением Михаил, скрещивая за спиной пальцы. — Так, пустяковые крылышки, кокетство, татуировка... Может, чересчур современно? Ничего, это можно стереть, удалить!

— Я отлично вижу, что это такое: крылышки! — проворчал Господин. — Где она? Когда Я могу ее увидеть?

— Она ждет в приемной.

— Пусть войдет!

Михаил вышел из кабинета и поманил Софию. Он успел дать ей несколько напутствий: предстоит встреча с Господином, такое исключительное событие, что лично он на ее месте струхнул бы. Ей необходимо на протяжении всей беседы строго себя контролировать и молча слушать. Отвечать только в случае, если Господин, задав вопрос, сам на него не ответит. В глаза не смотреть! Набрав в легкие побольше воздуху, Михаил продолжил:

— Завяжи волосы на затылке, выпрямись. Еще одно: если придется говорить, завершай каждую свою фразу словом «Господин». — Михаил внимательно посмотрел на Софию и улыбнулся. — А теперь забудь все, что я тебе наговорил. Будь самой собой! В конце концов, Он предпочитает именно это. Недаром я предложил твою кандидатуру, и, конечно, Он недаром тебя выбрал — уже! У меня больше нет сил, такая нервотрепка не для моих лет.

— Выбрал для чего?

— Сейчас узнаешь. Иди. Сделай глубокий вдох — и вперед! Настал твой великий день. Да выплюнь ты, наконец, свою жвачку!

София не удержалась и присела в реверансе.

Точеные черты, красивые руки, величественная осанка и громовой голос делали Бога еще значительнее, чем она себе представляла. Она спрятала шарик

жевательной резинки под язык, чувствуя, как по
спине пробегает холодок. Господин предложил ей
сесть. Крестный (Он знал, что так она называет Михаила) представил ее как одного из самых одарен-
ных агентов Его контингента, поэтому Он намерен
доверить ей самое ответственное задание за все время существования Агентства. Он взглянул на нее,
она тут же опустила голову.

— Михаил вручит вам документы и передаст ин-
струкции, необходимые для успешного проведения
операции, ответственность за которую возлагается
на вас одну...

Права на ошибку у нее нет, время операции ог-
раничено... В ее распоряжении семь дней.

— ...Докажите, что у вас есть воображение и та-
ланты. Их у вас множество, Я знаю. От вас требуется величайшее благоразумие и осторожность. Мне
известно, насколько вы энергичны.

Он начал инструктаж сам, ибо никогда еще
Агентство не предпринимало таких рискованных
операций. Он даже признался, что уже не понимает, как Его угораздило в это ввязаться, принять этот
невероятный вызов...

— Хотя нет, кажется, понимаю! — поправился Он.

Ставки до того высоки, что ей надлежит поддержи-
вать связь только с Михаилом, а при крайней надобно-
сти или при недоступности последнего — с Ним Самим. То, что откроет ей сейчас Господин, никогда не
должно быть повторено вне этих стен. Он выдвинул
ящик и показал ей составленный от руки документ,
скрепленный двумя подписями. Документ содержал условия предстоявшей ей невероятной миссии:

«Две Силы, властвующие над миропорядком, не прекращают враждовать с начала времен. Признавая, что обеим не удается влиять по своей воле на судьбы человечества, каждая сторона объясняет это тем, что другая противодействует реализации ее представления о мире...»

Когда София дочитала до этого места, Господин дал подсказку:

— С того дня, когда яблоко встало ему поперек горла, Люцифер противится тому, чтобы Я доверил Землю человеку. Он постоянно тщится доказать Мне, что Мое творение этого не достойно.

Он жестом повелел Софии читать дальше.

«...Все анализы политической, экономической и климатической обстановки заканчиваются выводом, что земля проваливается в ад».

Это место ей растолковал Михаил: Совет отверг это преждевременное заключение Люцифера, объясняя создавшееся положение их непрекращающейся враждой, помехой для проявления истинной человеческой природы. Делать окончательный вывод рано, пока что ясно одно: дела в мире не слишком хороши.

София читала дальше: «Оба категорически расходятся в своих представлениях о человечестве. После бесконечных споров мы согласились, что наступление третьего тысячелетия — это начало новой эры, в которой будет покончено с нашим антагонизмом. На севере и на юге, на западе и на востоке наступило время заменить наше враждебное сосуществование более эффективным принципом...»

— Так больше не могло продолжаться, — объяснил Господин. София заворожено следила за медленными жестами, которыми Он сопровождал Свои слова. — Двадцатый век получился слишком тяжелым. Если так пойдет и дальше, мы оба окончательно утратим контроль над происходящим. Это нетерпимо, мы обязаны заботиться о своем престиже. Земля во Вселенной не одна, на Меня все смотрят. Святые места полнятся вопросами, но люди находят там все меньше ответов...

Михаил от смущения уставился в потолок и кашлянул. Господин позволил Софии прочесть главное:

«Чтобы определить, кому будет принадлежать право властвовать на земле в следующем тысячелетии, мы вступаем в последний поединок. Условия его таковы.

На семь дней мы посылаем к людям того или ту, кого считаем лучшим (лучшей) из наших помощников. В зависимости от того, к чему одному из них удастся склонить человечество — к добру или к злу, победа будет присуждена одному из двух лагерей, после чего они сольются воедино. Право властвовать в новом мире будет принадлежать победителю».

Рукописный документ завершался двумя подписями: Бога и дьявола.

София медленно подняла голову. Ей хотелось еще раз прочесть все с начала, чтобы понять, что стало причиной страшного решения, которое она держала в руках.

— Нелепое пари... — проговорил Господин, словно оправдываясь. — Но что сделано, то сделано.

Она не отдавала пергамент, Он читал удивление в ее взгляде.

— Считай это дополнением к моему завещанию. Я тоже старею. Впервые я чувствую нетерпение и поэтому тороплю время. — Глядя в окно, Он добавил: — Я не забываю, насколько оно сочтено... Так было всегда, и это моя первая уступка.

Михаил жестом показал Софии, что пора встать и уйти. Она тут же подчинилась. Но у двери не удержалась и обернулась.

— Господин!

Михаил затаил дыхание. Бог оглянулся на зов, и София просияла.

— Спасибо, — произнесла она. Бог улыбнулся ей.

— Семь дней ради вечности... Я на тебя рассчитываю.

Он проводил ее взглядом. Михаил задохнулся, услышав Божественный зов. Он отпустил Софию и вернулся в кабинет. Господин прищурился.

— Кусочек резины, который она прилепила под крышкой Моего стола, пахнет клубникой, да?

— Да, это клубничный аромат, — подтвердил Михаил.

— И последнее: когда она справится с заданием, Я буду тебе признателен, если ты ее уговоришь избавиться от рисунка на плече, пока все на свете не станут щеголять с таким же. От моды никуда не деться!

— Разумеется, Господин.

— И еще вопрос: как ты мог знать, что Я выберу ее?

— Не зря же я более двух тысяч лет рядом с Вами работаю, Господин!

Михаил затворил за собой дверь. Оставшись один, Господин сел в торце длинного стола и устремил взгляд на стену напротив. Откашлявшись, он объявил громко и четко:

СЕМЬ ДНЕЙ ТВОРЕНИЯ

— Мы готовы!

— Мы тоже! — насмешливо отозвался голос Люцифера.

София ждала в небольшом зале. Михаил, войдя, подошел к окну. Небо под ними прояснялось, из облачного слоя уже выступали верхушки холмов.

— Быстрее, нельзя терять времени! Я должен тебя подготовить.

Они сели за круглый столик в нише. София призналась, что очень волнуется.

— С чего начинать выполнение такого задания, крестный?

— У тебя есть кое-какая фора, София. Взглянем в лицо фактам: зло стало всеобщим и почти таким же невидимым, как мы. Ты играешь в обороне, твой противник наступает. Сначала тебе придется определить, какими силами он располагает. Найди место, где он попытается действовать. Позволь ему сделать первый ход — и изо всех сил воспротивься его атаке. Только нейтрализовав его, ты сумеешь осуществить крупный замысел. Единственным твоим козырем будет знание местности. Они выбрали Сан-Франциско театром боевых действий по чистейшей случайности!

* * *

Раскачиваясь на стуле, Лукас заканчивал ознакомление с тем же самым документом. Президент не спускал с него пристального взгляда. На окнах были тяжелые шторы, но Люцифер оставался в темных очках, скрывавших взгляд. Все его приближенные знали, что малейший свет раздражает его глаза, обоженные когда-то ярчайшей вспышкой.

Окруженный членами своего кабинета, занявшими места за длинным столом, доходившим до стенки, которая отделяла огромный зал от помещения по соседству, Президент объявил Совету, что заседание окончено. Присутствующие потянулись за министром связи Блезом к единственной двери. Президент, не вставая, махнул рукой, подзывая Лукаса, потом велел ему нагнуться и что-то прошептал ему на ухо так, чтобы больше никто не слышал. Когда Лукас вышел из кабинета, его встретил Блез, чтобы проводить к лифту.

По пути он вручил ему несколько паспортов, валюту, большую связку ключей к автомобильным замкам зажигания, потом помахал у него перед носом кредитной карточкой платинового цвета.

— Аккуратнее с расходами, не роскошествуйте!

Лукас раздраженным движением завладел пластиковым четырехугольником и отказался пожать самую сальную во всей организации ладонь. Привыкший к брезгливому отношению окружающих, Блез вытер ладони о зад своих штанов и пристыженно спрятал руки в карманы. Притворство было одной из главных специальностей того, кто достиг своего высокого поста не благодаря компетентности, а коварством и лицемерием, сопровождающими неуемный карьеризм. Блез поздравил Лукаса, наврал, что употребил весь свой вес для утверждения его кандидатуры (выражение его физиономии при этих словах не позволяло ему верить). Лукас не собирался к нему прислушиваться: в его глазах Блез был отъявленным бездарем, которому доверили ответственность за внутреннюю связь исключительно из родственных соображений.

Семь дней творения

Обещая регулярно докладывать Блезу о ходе операции, Лукас даже не удосужился скрестить пальцы. В организации, где он служил, обман был самым надежным средством в распоряжении начальства, желающего продлить свою власть. Чтобы понравиться своему Президенту, все врали напропалую: друг другу, Ему Самому, даже самим себе. Министр связи попросил Лукаса поделиться тем, что Президент сообщил ему на ухо. Лукас вместо ответа окинул его презрительным взглядом и зашагал прочь.

* * *

София поцеловала своему наставнику руку и пообещала, что не разочарует его. Она спросила, можно ли доверить ему одну тайну, он разрешил кивком головы. Поколебавшись, она поделилась с ним наблюдением: у Господина волшебные глаза, никогда она не видела такой синевы.

— Иногда они меняют цвет, но тебе запрещается кому-либо рассказывать, что ты в них увидела.

Она пообещала и вышла в коридор. Он проводил ее к лифту. Прежде чем закрылись двери, Михаил заговорщически ей прошептал:

— Он сказал, что ты — прелесть.

София покраснела, Михаил сделал вид, будто ничего не заметил.

— Для них этот вызов, наверное, всего лишь возможность наделать новых гадостей, а для нас это — вопрос выживания. Мы все на тебя рассчитываем.

Через считаные мгновения она уже была в главном вестибюле. Петр посмотрел на дисплеи системы наблюдения, путь был свободен. Дверь снова въехала в фасад, и София оказалась на улице.

* * *

Лукас вышел из башни одновременно с ней, но с противоположной стороны. В дальнем углу неба, над холмами Тибарон, полыхнула последняя вспышка. Лукас подозвал такси. Желтый автомобиль затормозил, он залез внутрь и захлопнул дверцу.

София подбежала к своей машине у противоположного тротуара. Сотрудница дорожной службы выписывала ей протокол о нарушении правил парковки.

— Добрый день! Как поживаете? — обратилась София к женщине в форме. Контролер медленно обернулась, подозревая, что над ней насмехаются.

— Мы знакомы? — спросила контролер Джонс, рассеянно покусывая ручку и разглядывая Софию, потом оторвала корешок квитанции.

— Не думаю.

— А вы как поживаете? — С этими словами она засунула под «дворник» заполненный протокол.

— У вас случайно не найдется клубничной жвачки? — спросила София, забирая бумагу с ветрового стекла.

— Нет, у меня мятная.

София вежливо отказалась от предложенной пластинки и открыла дверцу.

— Вы что, не будете возражать против протокола?

— Нет-нет!

СЕМЬ ДНЕЙ ТВОРЕНИЯ

— Между прочим, с начала года водителям правительственных машин приходится платить штрафы из собственного кармана.

— Да, кажется, я где-то об этом читала, — сказала София. — Это нормально.

— В школе вы, наверное, всегда сидели за первой партой? — задала контролер Джонс следующий вопрос.

— Если честно, не помню... Хотя что-то такое сейчас припоминаю: кажется, где мне хотелось, там я и садилась.

— Вы уверены, что у вас все в порядке?

— Сегодня вечером будет великолепный закат, не пропустите! Постарайтесь полюбоваться им вместе с семьей, самый ослепительный вид — из парка Президио. А я вас оставляю, меня ждет огромная работа. — С этими словами София села в машину.

Когда «Форд» отъехал, контролер почувствовала спиной холодок. Она положила ручку в карман и достала мобильный телефон.

На автоответчике мужа она оставила длинное сообщение. Она спрашивала, не может ли он заступить на смену на полчасика позже. Сама она постарается вернуться раньше обычного, чтобы прогуляться на закате вдвоем в парке Президио. Он не пожалеет, ее заверила в этом не кто-нибудь, а агент CIA! Она добавила, что любит его, но с тех пор как они трудятся в разные смены, никак не улучит момент признаться, как сильно по нему скучает. Через несколько часов, делая покупки для импровизированного пикника, она, не отдавая себе в этом отчета, положила себе в тележку не мятную, а клубничную жевательную резинку.

МАРК ЛЕВИ

* * *

Попав в плен автомобильных пробок в финансовом квартале, Лукас перелистывал страницы туристического путеводителя. Что бы ни думал Блез, важность его задания оправдывала дополнительные расходы, поэтому он велел водителю высадить его в Ноб Хилл. Ему подошли бы апартаменты в «Фермонте», знаменитом на весь город отеле-дворце. Машина свернула на Калифорния-стрит перед собором Божьей Милости и заехала под монументальный козырек отеля, где была расстелена ковровая дорожка из красного бархата с золотыми кистями. Носильщик потянулся за чемоданчиком Лукаса, но тот отпугнул его свирепым взглядом. Не поблагодарив портье, крутанувшего для него вращающуюся дверь, Лукас направился прямиком к стойке администратора. Номер для него заказан не был, о чем молодая служащая ему сообщила — и тут же удостоилась громкой отповеди и ярлыка бестолочи. К гостю молниеносно подлетел старший смены, угодливо протянувший «особо хлопотному клиенту» магнитный ключ и рассыпавшийся в извинениях. Отель выразил его устами надежду, что в номере повышенной категории «эксклюзивный сьют» клиент немедленно забудет о легком раздражении, вызванном у него некомпетентностью служащей. Лукас бесцеремонно схватил карточку и потребовал не тревожить его ни по какому поводу. Изобразив жестом вкладывание денежной купюры в ладонь старшего смены, такую же мокрую, должно быть, как у Блеза, он торопливо зашагал к лифту. Старший смены отвернулся с пустыми руками и с недовольным видом. Лифтер вежливо осведомился у сияющего пассажира, хорошо ли тот провел день.

— Тебе какое дело? — фыркнул Лукас, выходя из кабины лифта.

* * *

София поставила машину у тротуара и поднялась по ступенькам на крыльцо викторианского домика на склоне Пасифик Хейтс. На пороге ее встретила хозяйка квартиры.

— Вернулась из поездки? Я рада! — сказала мисс Шеридан.

— Я уехала только сегодня утром!

— Неужели? А мне показалось, что вчера вечером тебя тоже не было. Знаю-знаю, я опять вмешиваюсь не в свое дело, просто мне не нравится, когда в доме пусто.

— Я вернулась поздно, вы уже спали. Работы навалилось больше обычного.

— Ты слишком много работаешь! В твоем возрасте, да еще при такой внешности надо проводить вечера с дружком.

— Мне надо переодеться, я поднимусь к себе, но перед уходом обязательно к вам загляну, Рен, обещаю!

Перед красотой Рен Шеридан время было бессильно. У нее был пленительно нежный голос, лучистый взгляд свидетельствовал о насыщенном прошлом, о котором она лелеяла только добрые воспоминания. Она была одной из первых знаменитых женщин-репортеров, объездивших весь мир. Стены ее овальной гостиной были увешаны пожелтевшими фотографиями, лицами из прошлого, встреченными ею в бесчисленных разъездах. В отличие от коллег, стремившихся запечатлевать исключения из правил, Рен ухватывала обыденность, умея и в ней разглядеть красоту.

Когда усталость в ногах не позволила ей отправиться в очередную командировку, она удовольствовалась своим родовым гнездышком на Пасифик Хейтс. Там она родилась, оттуда ушла 2 февраля 1936 года, в день своего двадцатилетия, чтобы уплыть в Европу. Туда она потом вернулась, чтобы насладиться единственной своей любовью, слишком коротким отрезком счастья.

С тех пор Рен жила в большом доме одна, пока, заскучав, не поместила объявление в «Сан-Франциско Кроникл». «Я — ваша новая съемщица», — объявила улыбающаяся София, явившись к ней в то же утро, когда вышел номер газеты с объявлением. Ее решительный тон покорил Рен, и съемщица переехала к ней в тот же вечер. За несколько недель она совершенно изменила жизнь хозяйки, и та теперь признавалась, что рада тому, что покончила с одиночеством. София обожала проводить вечера в ее обществе. Когда она возвращалась не слишком поздно, мисс Шеридан оставляла в прихожей свет, служивший заметным уже с крыльца приглашением. Будто бы проверяя, все ли в порядке, София заглядывала в ее дверь. На ковре всегда лежал раскрытый альбом с фотографиями, в напоминавшей об Африке чеканной серебряной чаше ее ждали сухарики. Сама Рен сидела в кресле, лицом к оливковому дереву, украшению атриума. Тогда София входила, садилась на пол и начинала переворачивать страницы альбомов в старых кожаных обложках — от таких альбомов ломились книжные шкафы в комнате. Не отрывая взгляд от дерева, Рен комментировала одну иллюстрацию за другой.

Сейчас София поднялась к себе на второй этаж, отперла дверь, толкнула ее и бросила на столик ключ. Еще у входа она оставила куртку, в маленькой гостиной — блузку, в спальне — брюки. В ванной она отвернула душевые краны до отказа, так, что взвыли трубы. Щелчок пальцем по рассекателю — и ей на голову хлынула вода. Через оконце в крыше видно было море крыш, расплескавшееся до самого порта. Колокола собора Божьей Милости пробили семь часов вечера.

— Уже так поздно?!

Она покинула альков с запахом эвкалипта и вернулась в спальню. Открыв платяной шкаф, она заколебалась между майкой без рукавов с глубоким вырезом и мужской рубашкой, которая была ей велика, между хлопковыми брючками и старыми джинсами. Выбор пал на джинсы и рубашку, у которой пришлось закатать рукава. Она повесила на пояс пейджер, надела полукеды и запрыгала к двери, чтобы расправить задники, не нагибаясь. Взяла связку ключей, решила не закрывать окна и спустилась по лестнице вниз.

— Сегодня я вернусь поздно. Увидимся завтра. Если вам что-нибудь понадобится, звоните мне на пейджер, хорошо?

Мисс Шеридан отозвалась неразборчивой тирадой, выученной Софией наизусть: «Ты слишком много работаешь, девочка моя, жизнь-то у нас одна...»

Что верно, то верно: София неустанно трудилась ради других, в ее рабочем дне не бывало передышек, обходилось даже без пауз на обед или на утоление жажды, ведь ангелам нет нужды подкрепляться. Даже при всей чуткости заботливой Рен не дано было постичь, что называет своей «жизнью» сама София.

* * *

Тяжелые колокола только что ударили в седьмой, последний раз. Окна апартаментов Лукаса выходили прямо на собор Божьей Милости, стоявший в верхней точке Ноб Хилл. Лукас с наслаждением обсосал куриную косточку, разгрыз напоследок хрящик и встал, чтобы вытереть руки о занавеску. Он надел пиджак, полюбовался своим отражением в большом зеркале над камином и вышел из номера. Спускаясь по величественной лестнице в холл, он насмешливо улыбался администраторше за стойкой, та, увидев его, сразу опустила глаза. Рассыльный под козырьком мигом обеспечил постояльцу такси, и тот уселся, не дав ему чаевых. Ему хотелось новый красивый автомобиль, а единственным местом, где можно было подобрать такой в воскресенье, был торговый порт: там стояло после разгрузки с судов несчетное число машин всевозможных моделей. Он распорядился отвезти его на пристань № 80, откуда он сможет угнать тачку в своем вкусе.

— И побыстрее, я тороплюсь! — бросил он водителю.

«Крайслер» вырулил на Калифорния-стрит и устремился к центру города. Деловой квартал они миновали за какие-то семь минут. На каждом перекрестке водитель с бурчанием откладывал свой бортовой журнал: светофоры, словно сговорившись, встречали их зеленым сигналом, и ему никак не удавалось записать, как требовали правила, пункт назначения.

— Можно подумать, они это нарочно... — пробормотал он на шестом перекрестке. В зеркале заднего вида он увидел ухмылку Лукаса, и их без задержки пропустил дальше седьмой светофор.

У въезда в портовую зону из решетки радиатора повалил густой пар, машина чихнула и остановилась у обочины.

— Только этого не хватало! — простонал таксист.

— Я вам не заплачу, — высокомерно произнес Лукас. — Мы не доехали до места.

И он вышел, не удосужившись закрыть за собой дверцу. Не успел таксист и пальцем пошевелить, как капот его машины подбросило кверху гейзером ржавой воды из радиатора.

— Сорвало головку блока, двигатель можно выбрасывать, милейший! — крикнул Лукас, удаляясь.

У будки охранника он предъявил значок, и полосатый шлагбаум взмыл вверх. Он уверенным шагом дошел до стоянки. Там он высмотрел великолепный кабриолет «Шевроле-Камаро» и без всякого труда сломал замок на дверце. Сев за руль, Лукас выбрал из связки у себя на ремне нужный ключ и через несколько секунд тронулся с места. Пронесясь по главному проезду, он не пропустил ни единой лужи в выбоинах и забрызгал грязью все до одного контейнеры по обеим сторонам, сделав нечитаемыми их номера.

Перед «Рыбацкой закусочной» он резко дернул ручной тормоз, и машина с визгом остановилась в нескольких сантиметрах от дверей. Лукас вышел, преодолел, насвистывая, три деревянные ступеньки крыльца, толкнул дверь.

Зал был почти пуст. Обычно рабочие заглядывали сюда после долгого рабочего дня, чтобы утолить жажду, но сейчас из-за многочасовой плохой погоды с утра они наверстывали потерянное время. Вечером они закончат позже обыкновенного и передадут ревущие механизмы непосредственно ночной смене.

Лукас уселся за столик в отгороженном месте и стал глазеть на Матильду, вытиравшую за стойкой рюмки. Та, встревоженная его непонятной улыбкой, поспешила к нему, чтобы принять заказ. Клиента не мучила жажда.

— Может, перекусите? — предложила она.

Только с ней за компанию! Матильда любезно отклонила приглашение, ей запрещалось присаживаться в зале в рабочие часы. Лукасу некуда было спешить, он оказался не голоден и пригласил ее наведаться с ним на пару в какое-нибудь другое местечко, это уж больно заурядное.

Матильда засмущалась: шарм Лукаса не остался незамеченным. В этой части города изящество было редкостью, как и в ее жизни. Не выдержав взгляда его полупрозрачных глаз, она отвернулась.

— Очень мило с вашей стороны... — пролепетала она.

В этот момент снаружи донеслись два коротких гудка.

СЕМЬ ДНЕЙ ТВОРЕНИЯ

— Только я не могу, — ответила она Лукасу, — у меня вечером ужин с подругой. Это она сигналит. Может, как-нибудь в другой раз?

София вбежала запыхавшаяся и направилась к бару, где Матильда, вернувшаяся на свое рабочее место, разыгрывала невозмутимость.

— Извини, я задержалась, но у меня выдался сумасшедший денек. — С этими словами София уселась на табурет у стойки.

Ввалились человек десять работяг из ночной смены, досадная помеха для Лукаса. Один из докеров задержался рядом с Софией, которая и без формы выглядела неотразимо. Она поблагодарила крановщика за комплимент и повернулась к Матильде, закатывая глаза. Симпатичная официантка наклонилась к подруге и посоветовала ей посмотреть незаметно на клиента в черном пиджаке, сидевшего в отгороженной части зала.

— Я видела... Успокойся!

— Так я тебя и послушалась! — огрызнулась шепотом Матильда.

— Матильда, последнее приключение чуть не стоило тебе жизни, так что теперь я, пожалуй, постараюсь уберечь тебя от новой беды.

— Не пойму, о чем ты...

— О том, что такие, как этот, — настоящая беда.

— А какой он?

— Слишком сумрачный взгляд.

— Быстро же ты стреляешь! Я даже не заметила, как ты зарядила револьвер.

— Потребовалось полгода, чтобы ты излечилась от всей дряни, которой с тобой щедро делился тот бармен с О'Фаррел*. Хочешь упустить шанс в жизни? У тебя есть работа, есть комната, ты уже семнадцать недель «чистая». Опять захотела приняться за старое?

— Кровь у меня все равно не чистая!

— Дай мне еще немного времени и принимай лекарства.

— Он симпатичный, вот и все.

— Прямо как крокодил, нацелившийся на филейную часть!

— Ты его знаешь?

— В жизни не видела!

— Тогда почему такие поспешные суждения?

— Доверься мне, у меня дар, я зрю в корень.

От низкого голоса Лукаса у Софии похолодел затылок, она даже подскочила.

— Раз вы собираетесь провести вечер со своей восхитительной подругой, то будьте великодушны, примите и вы приглашение в один из лучших ресторанов города. В моем кабриолете легко поместиться втроем.

— Вы очень догадливы, София — само великодушие! — подхватила Матильда, полная надежды, что подруга пойдет ей навстречу.

София оглянулась с намерением поблагодарить незнакомца и ответить ему отказом, но его глаза лишили ее дара речи. Они долго смотрели друг на друга, не в силах ничего друг другу сказать. Лукас рад бы был прервать молчание, но не мог издать ни зву-

---

* Улица злачных заведений в Сан-Франциско.

48

ка, только безмолвно разглядывал волнующие черты незнакомки. У нее совершенно пересохло во рту, она не глядя пыталась нащупать стакан на стойке, а он уже положил туда руку. Неуклюжесть жестов обоих привела к опрокидыванию стакана: прокатившись по цинковому краю стойки, он упал на пол и разлетелся на семь осколков. София наклонилась и осторожно подобрала три стеклышка, Лукас встал на колени, чтобы ей помочь, и взял остальные четыре. Оба выпрямились, по-прежнему глядя друг на друга.

Матильда, переводившая с одного на другого взгляд, не выдержала и раздраженно бросила:

— Я подмету!

— Снимай фартук! Идем, мы и так опаздываем, — ответила София, сумев наконец отвернуться.

Она попрощалась с Лукасом коротким кивком и властно поволокла подругу на улицу. На стоянке она ускорила шаг. Открыв Матильде дверь, она поспешно села за руль и рванулась с места.

— Чего это тебя так разобрало? — недоуменно спросила Матильда.

— Ничего.

Матильда повернула зеркальце заднего вида в салоне так, чтобы София могла на себя взглянуть.

— Посмотри, на кого ты похожа, и растолкуй мне свое «ничего».

Машина мчалась по порту. София опустила стекло, в салон ворвался ледяной воздух, Матильда поежилась.

— Очень серьезный человек! — пробормотала София.

— Я понимаю все: большой, карлик, красивый, урод, тощий, толстяк, волосатый, безусый, лысый... Но что такое «серьезный», признаться, не врубаюсь.

— В таком случае просто поверь мне на слово. Сама не знаю, как это выразить... Унылый, какой-то измученный! Никогда еще мне не...

— В таком случае это идеальный кандидат для тебя, ты у нас обожаешь страдальцев. Бедный левый желудочек твоего кровяного насоса!

— Не будь язвой!

— Нет, вы только посмотрите! Я прошу у нее непредвзятого мнения о мужчине, от которого вся обмираю. Она на него даже не глядит, но все равно втыкает в него стрелу, которой позавидовал бы сам святой Иероним! Потом изволит обернуться — и впивается глазами в его глаза крепче, чем вантуз в сток раковины. И при этом требует, чтобы я не была язвой!

— Ты ничего не почувствовала, Матильда?

— Почему же, почувствовала: что вся пылаю! Как будто меня закутали в алый шифон от «Мейси»*... В общем, я предстала перед ним в элегантном виде, это хороший знак.

— Ты не заметила, до чего у него сумрачный вид?

— Это на улице сумрачно. Зажги-ка фары, не хватает угодить в аварию! — Матильда затянула шнурок своего мехового капюшона и добавила: — Ладно, пиджачок на нем темноват, зато итальянского покроя, кашемир в шесть ниток, ты уж меня извини!

— Я говорю не об этом...

— Хочешь, скажу тебе, о чем я говорю? Уверена, что он не из тех, кто носит грубые трусы.

* Сеть дорожных магазинов.

СЕМЬ ДНЕЙ ТВОРЕНИЯ

Матильда зажгла сигарету. Опустив стекло со своей стороны, она выдохнула дым наружу.

— Все равно, от чего умереть — почему не от пневмонии? В общем, твоя взяла: бывают трусы и трусы.

— Ты меня совершенно не слушаешь, — озабоченно проговорила София.

— Представь, что чувствует дочь Кальвина Кляйна, глядящая на имя своего папаши, вышитое большими буквами, когда перед ней раздевается мужчина?

— Ты видела его раньше? — невозмутимо осведомилась София.

— Может, и видела в баре Марио, но гарантировать не могу. В те времена по вечерам у меня перед глазами чаще бывало мутновато...

— С этим покончено, все это уже позади, — сказала София.

— Ты веришь в ощущение «дежа-вю»?

— Может быть, а что?

— Там, в баре, когда у него выпал стакан... У меня было впечатление, что он падает замедленно.

— У тебя пустой желудок, свожу-ка я тебя в азиатский ресторан, — решила София.

— Можно задать тебе последний вопрос?

— Конечно.

— Тебе никогда не бывает холодно?

— Почему ты спрашиваешь?

— Потому что мне недостает только палочки во рту, чтобы выглядеть, как форменное эскимо. Немедленно закрой окно!

«Форд» приближался к бывшей шоколадной фабрике на Жирарделли-сквер. Выдержав нссколько минут тишины, Матильда включила радио и уставилась на проносящийся мимо город. На пересечении Колумбус-авеню и Бей-стрит порт исчез из виду.

— Потрудитесь приподнять руку, я должен вытереть прилавок!

Хозяин «Рыбацкой закусочной» вывел Лукаса из оцепенения.

— Простите?..

— У вас под пальцами стекло, не дай Бог, поранитесь.

— Не беспокойтесь за меня. Кто такая?

— Интересная женщина — здесь это редкость.

— За это мне и нравится ваш райончик, — сухо прокомментировал Лукас. — Вы не ответили на вопрос.

— Вас интересует барменша? Сожалею, но сведений о своих работниках я не сообщаю. Приходите снова, ее саму и спросите, она заступает завтра в десять.

Лукас хлопнул ладонью по стойке, и кусочки стекла раздробились на тысячи осколков. Владелец заведения отпрянул.

— Плевать я хотел на вашу барменшу! Вам знакома та женщина, которая ушла вместе с ней?

— Это ее приятельница, она работает в службе безопасности порта, вот все, что я могу вам сказать.

Лукас проворным движением извлек у хозяина из-за ремня тряпку и вытер свою ладонь, на которой, как ни странно, не оказалось ни царапины.

Семь дней творения

После этого он бросил тряпку в мусорное ведро позади прилавка. Хозяин «Рыбацкой закусочной» прищурился.

— Не беспокойся, старина, — сказал Лукас, глядя на свою невредимую руку. — Знаешь, некоторые ходят по углям, это такой же фокус. Мало ли на свете фокусов?

И он направился к выходу. На крыльце закусочной он вынул крохотный осколок, вонзившийся между указательным и средним пальцем.

Подойдя к кабриолету, он просунул внутрь голову и опустил рычаг ручного тормоза. Краденая машина медленно подъехала к краю пристани, немного покачалась и опрокинулась вниз. В момент, когда решетка радиатора соприкоснулась с водой, физиономия Лукаса озарилась бесхитростной детской улыбкой.

Когда вода врывалась в салон через оставленное опущенным стекло, он испытывал ни с чем не сравнимую радость. Но больше всего его восхитили здоровенные пузыри, вырывавшиеся из выхлопной трубы, пока продолжал работать двигатель. Бульканье, с которым они лопались на поверхности, было неотразимым.

Когда привлеченная водными похоронами автомобиля толпа провожала удивленными взглядами задние фонари «Камаро», уходившие в неспокойные глубины, Лукас был уже далеко: он бодро шагал, засунув руки в карманы.

— Кажется, я наткнулся на редкую жемчужину, — пробормотал он себе под нос на ходу. — Если я не выиграю, будет дьявольски досадно.

МАРК ЛЕВИ

* * *

София и Матильда ужинали лицом к заливу, перед огромным окном, выходившим на Бич-стрит. «Наш лучший столик!» — уточнил узкоглазый метрдотель с улыбкой, выставляя напоказ торчащие зубы. Вид был великолепный. Слева горделиво высились охровые конструкции моста «Золотые Ворота», соперничавшего красотой со своим серебристым оклендским собратом «Бэй-Бридж», что всего на год старше его. Под защитой мола, не тревожимые порывами океанского ветра, медленно проплывали яхты под белыми парусами. Протянувшуюся до самой воды зеленую лужайку разрезали на аккуратные квадраты гравийные дорожки. По ним прогуливались вечерние прохожие, наслаждавшиеся атмосферой поздней осени.

Официант поставил подругам на столик два фирменных коктейля и корзинку с креветками. «В подарок от заведения», — объяснил он и подал меню. Матильда спросила у Софии, часто ли та здесь бывает: цены показались ей высоковатыми для скромной служащей. София ответила, что они — гостьи хозяина.

— Они провинились, а ты не стала составлять на них протокол?

— Нет, просто оказала им несколько месяцев назад небольшую услугу, ничего особенного, уверяю тебя! — ответила София с искренним смущением.

— Эти твои «ничего» мне все более подозрительны. Что за услуга?

Как-то вечером София встретила хозяина ресторана в доках. Он гулял по пристани, дожидаясь, пока таможня пропустит груз посуды из Китая.

СЕМЬ ДНЕЙ ТВОРЕНИЯ

Его печальный взгляд привлек внимание Софии, а когда он надолго наклонился, уставившись на грязную воду, она заподозрила худшее. Она подошла к нему, завязала разговор, и он в конце концов признался, что после сорока трех лет брака от него собралась уйти жена.

— Сколько лет жене? — спросила заинтригованная Матильда.

— Семьдесят два года!

— В семьдесят два года люди еще осмеливаются разводиться? — поразилась Матильда, с трудом сдерживая смех.

— Если ты сорок три года слушаешь мужнин храп, то от мысли о разводе трудно избавиться. Каждую ночь будешь об этом мечтать!

— Ты помогла паре воссоединиться?

— Я его уговорила сделать операцию, пообещав, что она ничем ему не грозит. Мужчины — такие неженки!

— Думаешь, он бы действительно прыгнул в воду?

— Он уже бросил туда свое обручальное кольцо!

Матильда подняла глаза к потолку. Потолок в ресторане был впечатляющий, весь в витражах от «Тиффани». Из-за него зал походил на молитвенный. София согласилась с ее суждением и подложила ей курицы. Матильда подперла рукой щеку.

— История с храпом — правда?

София посмотрела на нее и не удержалась от улыбки.

— Нет!

— Ага! Что же мы тогда празднуем? — спросила Матильда, поднимая свой бокал.

София заговорила в самых общих чертах о повышении, которое получила утром. Нет, речь не о смене места работы и не о повышении зарплаты: не все ведь исчерпывается материальными соображениями! Если Матильда сделает над собой усилие и прекратит насмешничать, то она, быть может, сумеет ей растолковать, что бывают задания, приносящие нечто неизмеримо большее, чем деньги или власть: личные достижения в изощренной форме. Власть над самой собой — во благо, а не во вред другим — может доставить огромное наслаждение.

— Да будет так! — подытожила Матильда со смехом.

— С тобой, старушка, мне еще придется повозиться! — с досадой молвила София.

Матильда взяла бамбуковую бутылку с саке, чтобы наполнить оба бокала — и тут лицо Софии резко исказилось. Она схватила подругу за руку и буквально выдернула ее из кресла.

— Бежим отсюда! К выходу! — завопила София.

Матильда окаменела. Из-за соседних столиков тоже удивленно глазели на женщину, отчаянно крутившую головой и кричавшую в страхе перед невидимой угрозой:

— Уходите все, быстрее отсюда, торопитесь, бегите!

Посетители неуверенно наблюдали за ней, подозревая, что перед ними разыгрывают нелепый фарс. Управляющий заведением подбежал к Софии, сложил руки в умоляющем жесте: он знает, что она ему друг, и просит перестать беспокоить уважаемых гостей его ресторана. София крепко схватила его за плечи и потребовала немедленно эвакуировать всех посетителей и персонал. Он должен ей доверять, счет идет на секунды! Лиу Чан не был особенно мудр, но инстинкт его никогда не подводил. Он дважды хлопнул в ладоши и произнес несколько слов на кантонском диалекте китайского языка. Тут же начался балет знающих свое дело служащих. Мужчины в белых ливреях отодвигали стулья, заставляя гостей вставать, и без промедления провожали их к трем выходам.

Лиу Чан остался стоять посреди стремительно пустеющего зала. София потянула его за руку, увлекая к выходу, но он уперся, глядя на Матильду, застывшую от страха на месте в нескольких метрах от него.

— Я выйду последним, — проговорил Лиу. В этот момент из кухни с криком выбежал последний из младших поваров.

А потом раздался чудовищный взрыв. Ударная волна, уродуя зал, сорвала с потолка монументальную люстру, и она тяжело рухнула на пол. Всю мебель как насосом вытянуло в широкий оконный проем, расколоченное вдребезги стекло из которого уже усеяло улицу внизу. Тысячи красных, зеленых, синих кристалликов заплясали среди горы обломков на полу. Едкий серый дым, заполнивший обеденный зал, пополз тугими завитками вверх по стене дома.

За оглушительным грохотом последовала удушливая тишина. Лукас, остановивший внизу машину, угнанную часом раньше, поднял дверное стекло. Он страшно боялся пыли, к тому же все произошло не так, как предусматривалось.

София спихнула с себя массивный буфет, потерла ушибленные колени, перешагнула через опрокинутый сервировочный столик. Вокруг нее царил хаос. Под скелетом высокого светильника, похожего теперь на облетевшее поваленное дерево, лежал ресторатор. Он прерывисто дышал. София бросилась к нему. Бедняга корчился от боли. Кровь, залившая ему легкие, при каждом вдохе все сильнее зажимала сердце. Издали уже доносились сирены пожарных машин, мчащихся по городским улицам к месту катастрофы.

София умоляла Лиу держаться.

— Вам цены нет, — прошептал старый китаец.

Она взяла его руку. Лиу стиснул ее пальцы, положил ее руку себе на грудь, свистящую, как проколотая камера. Даже закрываясь, его глаза умели прочесть правду. Он нашел в себе силы сказать шепотом, что благодаря Софии он спокоен, потому что знает, что его вечный сон не будет сопровождаться храпом. Он захихикал, закашлялся.

— Моим будущим соседям сильно повезло! Они тоже ваши должники.

Изо рта у него потекла кровь, красная струйка поползла по щеке, смешалась с красным ворсом ковра. Улыбка Лиу деревенела.

— Кажется, вам надо заняться подругой, я не видел, чтобы она выбежала...

София оглянулась, но не увидела ни Матильды, ни других тел на полу.

— У двери, под посудным шкафом, — подсказал Лиу, снова закашлявшись.

София выпрямилась. Лиу, не выпуская ее руки, заглянул ей в глаза.

— Откуда вы знали?

София видела, как его золотистые глаза покидает жизнь.

— Через несколько мгновений вы это поймете.

Тогда лицо Лиу озарила радостная улыбка, на все его существо снизошел покой.

— Спасибо за доверие.

Это были последние слова господина Чана. Его зрачки уменьшились до размера булавочного острия, веки смежились, щека легла на ладонь его последней клиентки. София погладила его лоб.

— Простите за то, что не провожаю вас, — прошептала она, осторожно опуская неподвижную голову на пол.

После этого она встала, убрала с пути перевернутую тумбочку и подошла к рухнувшему шкафу. Усилие — и шкаф отодвинут, под ним обнаружилась бесчувственная Матильда с торчащей из бедра здоровенной вилкой, предназначенной для блюд из утки.

По полу скользнул луч пожарного фонаря, потом появился сам пожарник. Подойдя к двум женщинам, он первым делом достал из чехла на плече рацию и доложил, что обнаружил двух пострадавших.

— Одну! — поправила его София.

— Тем лучше, — подал голос мужчина в черном, осматривавший место взрыва, не ступая в груду обломков.

Бригадир пожарных пожал плечами.

— Видать, федеральный агент. Они теперь поспевают на взрывы раньше нас. — И пожарный прижал к лицу Матильды кислородную маску. Подошедшему подчиненному он сказал: — Перелом ноги, а может, и руки, потеря сознания. Вызови санитаров, пусть немедленно ее заберут. А этот? — Он ткнул пальцем в тело Чана.

— Слишком поздно, — заключил не сходивший с места мужчина в черном костюме.

София обнимала Матильду и старалась побороть горечь, стиснувшую ей горло.

— Это все из-за меня, не надо было сюда соваться...

Глядя сквозь выбитое окно на небо, она произнесла вполголоса, нижняя губа у нее дрожала:

— Не надо сейчас! У нее могло получиться, она встала на правильный путь. Мы ведь договорились повременить несколько месяцев, прежде чем что-то решить. Слово есть слово!

Двое подоспевших санитаров удивленно переглянулись и спросили у Софии, как она себя чувствует. Она заверила их энергичным кивком, что с ней все в порядке. Они предложили ей глотнуть кислороду, она отказалась. Тогда они попросили ее отойти на несколько шагов, положили Матильду на носилки и понесли к выходу. София подошла к провалу во всю стену, оставшемуся от окна. Она не спускала глаз с носилок, пока их ставили в машину «скорой помощи». Машина, вращая красно-желтой мигалкой и включив душераздирающую сирену, понеслась к Мемориальному госпиталю Сан-Франциско.

— Не казните себя, каждый может оказаться в плохом месте в плохой момент, это судьба.

София вздрогнула. Она узнала низкий голос, произнесший это неуклюжее утешение. Лукас шел к ней, щуря глаза.

СЕМЬ ДНЕЙ ТВОРЕНИЯ

— Что вы здесь делаете? — спросила она.

— Я думал, брандмейстер вам уже объяснил, — ответил он, поправляя галстук.

— Все указывает на заурядный взрыв газа на кухне или, в худшем случае, на криминальную разборку, так что любезный господин федеральный агент может спокойно возвращаться, откуда явился, позволив работать обычным полицейским. Террористы не охотятся на утку с апельсинами.

Голос инспектора полиции был хрипл и неприветлив.

— С кем имею честь? — спросил Лукас, маскируя насмешливостью тона неудовольствие.

— Инспектор Пильгес, полиция Сан-Франциско, — ответила за инспектора София.

— Рад, что в этот раз вы меня узнали, — сказал ей Пильгес, перестав обращать внимание на Лукаса. — Надеюсь, теперь вы мне объясните, что за фокус вы выкинули сегодня утром.

— Лучше не вдаваться в подробности. Я стараюсь защитить Матильду. Слухи распространяются быстрее, чем туман в порту.

— Я оказал вам доверие и разрешил ей досрочное освобождение. Был бы вам благодарен за взаимность. В полиции тоже имеют представление о такте! Глядя на малышку, нельзя не подумать, что лучше было бы дать ей отмотать весь срок.

— Забавное у вас представление о такте, инспектор! — бросил Лукас вместо прощания. Он бы хлопнул дверью, но двери не было: от монументального двустворчатого изделия, заказанного в далекой Азии, остались одни обломки.

Прежде чем сесть в машину, Лукас крикнул Софии с улицы:

— Огорчен за вашу подружку!

Через несколько секунд его черный «Шевроле» исчез за пересечением с Бич-стрит.

София не смогла дать инспектору никаких связных объяснений. Ужасное предчувствие — вот что заставило ее выгнать из ресторана посетителей. Пильгес счел эту версию легковесной — как-никак, София спасла от гибели кучу людей! София ничего не смогла добавить. Возможно, она бессознательно почувствовала запах от утечки газа. Пильгес проворчал в ответ, что в последние годы у него растет гора нераскрытых дел с общим фигурантом — бессознательным.

— Сообщите мне о результатах расследования. Мне тоже нужно знать, что произошло.

Он позволил ей покинуть место взрыва. София побрела к своей машине. Ветровое стекло треснуло с обоих концов, весь кузов каштанового цвета был покрыт ровным слоем серой пыли. По пути к госпиталю она встретила несколько пожарных машин, торопившихся к месту трагедии. Она оставила «Форд» на стоянке и заторопилась в приемное отделение. Санитарка сказала ей, что Матильду сейчас осматривают. София поблагодарила и уселась ждать.

* * *

Лукас в нетерпении дважды нажал на клаксон. Сторож в будке надавил на кнопку, не отрывая взгляд от экрана телевизора: «Янки» вели с крупным счетом. Шлагбаум поднялся, «Шевроле» с потушенными габаритными огнями подъехал к самому краю насыпи. Лукас опустил стекло, выбросил окурок. Переведя рычаг передачи в нейтральное положение и не заглушив двигатель, он вылез из машины. Толчок ногой в задний бампер придал машине достаточное ускорение, чтобы она преодолела оставшиеся до края сантиметры и рухнула в воду. Лукас наблюдал за ней, подбоченясь и затаив дыхание. Когда на затихающей водной поверхности лопнул последний пузырь, он отвернулся и пружинисто зашагал к стоянке. Оливковая «Хонда», казалось, только его и ждала. Он взломал дверной замок, открыл капот, вырвал и выбросил подальше датчик сигнализации. Устроившись в кресле, он разочарованно осмотрел салон — синтетический, а не кожаный. В своей связке автомобильных ключей он безошибочно нашел подходящий. Двигатель послушно заурчал.

— Для разнообразия сойдет и зеленая япононочка! — проворчал он, отжимая ручной тормоз.

Часы свидетельствовали, что он опаздывает, поэтому пришлось прибавить газу. Бездомный по имени Джуэлс, сидевший на причальной тумбе, пожал плечами, проводив взглядом автомобиль и последний пузырь на воде.

* * *

— Она выживет?

В третий раз за вечер голос Лукаса заставлял ее вздрагивать.

— Надеюсь, — ответила она, оглядев его с ног до головы. — Кто вы такой, собственно?

— Лукас. Очень сожалею — и одновременно очень рад. — Он протянул руку.

Впервые София почувствовала, до чего устала. Она встала и подошла к кофейному автомату.

— Хотите?

— Я не пью кофе, — ответил Лукас.

— Я тоже, — созналась она, вертя пальцами монетку в двадцать центов. — Что вы здесь делаете?

— То же, что и вы. Приехал справиться, как она.

— Зачем? — спросила София, роняя монету в карман.

— Чтобы написать отчет. Пока что в графе «пострадавшие» я поставил цифру «1». Теперь надо уточнить информацию. Терпеть не могу оставлять сегодняшние дела на завтра. Не выношу задержек.

— Как и я...

— Лучше бы вы приняли мое приглашение. Тогда ничего этого не произошло бы.

— Не вы ли говорили недавно о такте? Занятное у вас представление о тактичности!

— Ее выпишут поздно ночью. Вилка для утки в человеческом мягком месте — это страшное оружие. Там шитья на несколько часов, мы вполне успеем посидеть в кафе напротив. Приглашаю вас.

— Никуда я не пойду.

— Как хотите. Подождем здесь. Не очень приятное местечко, но если вы так предпочитаете... Тем хуже!

Они просидели на скамейке спина к спине больше часа, прежде чем в коридор вышел хирург. Хлопка ладонями в латексе не прозвучало (хирурги снимают перчатки при выходе из операционного отделения и бросают их в предназначенный для этого бак). Матильда вне опасности, артерия цела, сканирование не выявило повреждений черепа, позвоночник тоже не тронут. У нее два перелома без смещений — руки и ноги, в нескольких местах пришлось наложить швы. Сейчас ей накладывают гипс. Осложнения возможны всегда, но хирург надеется, что обойдется без них. Тем не менее пострадавшей, по его мнению, полезно будет провести несколько часов в полном покое. Он будет признателен Софии, если она предупредит близких, что до утра пострадавшую нельзя будет навещать.

— Это я запросто, — заверила его София. — Кроме меня, у нее никого нет.

Она продиктовала дежурной по этажу номер своего пейджера. Выходя, она, не глядя на Лукаса, уведомила его, что изменений в протоколе не предвидится, после чего исчезла за турникетом приемного отделения. Лукас нагнал ее на безлюдной стоянке. Она искала ключи от машины.

— Буду вам весьма признательна, если вы перестанете меня пугать, — сказала она ему.

— Кажется, мы с вами неудачно начали, — проговорил Лукас сладким голосом.

— Начали... что?

Помявшись, Лукас ответил:

— Допускаю, что иногда бываю прямолинеен. Но я искренне рад, что ваша подруга легко отделалась.

— Глядите-ка, хоть в чем-то мы совпадаем! Чего только на свете ни бывает! А теперь, если вы мне позволите отпереть дверцу...

— Может быть, все-таки выпьем вдвоем кофе? Не возражаете?

София промолчала.

— Ну, это так просто говорится... Вы не пьете кофе, я тоже. Как насчет апельсинового сока? Тут напротив делают восхитительный сок!

— Откуда такое желание утолить жажду в моем обществе?

— Я только что приехал в Сан-Франциско и не знаю здесь ни души. Три года абсолютного одиночества в Нью-Йорке — я, кажется, неоригинален... «Большое Яблоко»[*] превратило меня в дикаря, но я решил измениться.

София, склонив голову набок, наблюдала за Лукасом.

— Ладно, начнем все сначала, — сказал он. — Забудьте про Нью-Йорк, про мое одиночество и про все остальное. Сам не знаю, откуда у меня такое острое желание выпить с вами рюмочку. Дело не в рюмочке, а в стремлении с вами познакомиться. Вот я и выдал вам правду. Теперь вы правильно поступите, если скажете «да».

София посмотрела на часы, колеблясь, потом улыбнулась и приняла приглашение. Они перешли улицу и зашли в «Криспи Крем». В маленьком заведении вкусно пахло свежей выпечкой, из печи только что извлекли противень с горячими пирожками. Они сели у окна. София не ела, она в изумлении наблюдала за Лукасом: тот меньше чем за десять минут проглотил семь глазированных пирожков.

— Как я погляжу, вы исключаете чревоугодие из перечня смертных грехов? — не выдержала она.

* Прозвище Нью-Йорка.

СЕМЬ ДНЕЙ ТВОРЕНИЯ

— Ах эти мне басни про грехи! — отозвался он, беззастенчиво облизывая пальцы. — День без лакомств — хуже безоблачного дня!

— Вы не любите солнце? — удивилась она.

— Почему, очень даже люблю! Солнечные ожоги, рак кожи, гибель от теплового удара, удушье от галстука, ужас женщин при мысли о потекшем гриме, повальные простуды от кондиционеров, дырявящих озоновый слой, растущее загрязнение окружающей среды, падеж животных от жажды, не говоря о задыхающихся стариках... Так что извините, солнце изобрел вовсе не тот, на кого думают.

— Странное у вас представление о жизни!

София насторожилась всерьез только тогда, когда Лукас заявил своим низким голосом, что необходимо проявлять честность, отделяя зло от добра. Ее удивил порядок слов: Лукас упорно ставил зло впереди добра, хотя обычно люди инстинктивно поступают наоборот...

Ее посетило подозрение: вдруг он — ангел-контролер, посланный проверить, как она справляется с заданием? Ей приходилось сталкиваться с такими даже при выполнении менее важных поручений. Чем больше Лукас разглагольствовал, тем больше она укреплялась в своей догадке, уж больно провокационно звучали его речи. Отправив в рот девятый по счету пирожок и еще не закончив жевать, он заявил, что ждет не дождется новой встречи с ней. София улыбнулась. Он оплатил счет, и они вышли на улицу.

На пустой стоянке Лукас задрал голову.

— Свежо. Зато какое великолепное небо!

Она приняла его приглашение на ужин следующим вечером. Если случаю угодно, чтобы они трудились на одно и то же учреждение, то тот, кто вздумал ее проверить, пожалеет о своем недоверии: она постарается его проучить. Так она решила, катя в машине домой.

Остановившись перед домом, она постаралась не шуметь на крыльце. В коридор не просачивался свет, дверь Рен Шеридан была закрыта.

Прежде чем войти, она подняла глаза и не увидела на небесном своде ни облаков, ни звезд.

И был вечер, и было утро...

СЕМЬ ДНЕЙ ТВОРЕНИЯ

ДЕНЬ ВТОРОЙ

Матильда проснулась на заре. Ночью ее перевезли в палату, где она уже начала скучать. Вот уже пятнадцать месяцев сверхактивность была ее единственным лекарством для выведения шлаков прежней жизни, в которой над ней едва не взял верх зловредный коктейль из отчаяния и наркотиков. Неон, похрустывавший у нее над головой, напоминал о долгих часах абстиненции, когда все ее нутро раздирала нестерпимая боль. Она вспоминала дни Дантова ада, когда Софии, которую она называла своим ангелом-хранителем, приходилось держать ее руки. Чтобы выжить, она причиняла себе острую телесную боль, готова была спустить с себя кожу, изобретая все новые раны как кару за прежние запретные услады.

Она еще чувствовала иногда затылком покалывание в местах гематом — последствие многочисленных ударов, которые она наносила сама себе по ночам, оставаясь наедине со своими невыносимыми страданиями. Внутри локтевого сгиба налицо были признаки искупления: следы инъекций неделя за неделей становились все менее заметными. Откровенно зияло только одно фиолетовое пятно на выпирающей вене — напоминание о вратах, в которые она впустила медленную смерть.

Дверь открылась, Матильда увидела Софию.

— Кажется, я вовремя, — сказала та, кладя на ночной столик букет пионов. — Входя, я увидела выражение твоего лица. Стрелка твоего морального барометра уже смещалась к «переменно», а потом разразилась бы буря. Пойду попрошу у сестер вазу.

— Останься со мной, — попросила Матильда бесцветным голосом.

— Пионы так же нетерпеливы, как и ты, им необходимо много воды. Не двигайся, я сейчас.

Оставшись одна, Матильда уставилась на цветы, погладила здоровой рукой шелковистые лепестки. Они походили на ощупь на кошачью шерстку, а Матильда обожала кошек... София прервала ее мечты, вернувшись с полным ведерком.

— Это все, что у них нашлось. Ничего, эти цветы не страдают снобизмом.

— Мои любимые!

— Я знаю.

— Как ты умудрилась их отыскать в это время года?

— Секрет!

София посмотрела на загипсованную ногу подруги, потом на шину, делавшую неподвижной ее руку. Матильда поймала ее взгляд.

— Что там все-таки произошло? Я почти ничего не помню. Сначала мы разговаривали, потом ты встала, я осталась сидеть — и все, дальше черная дыра.

Семь дней творения

— Случайность, утечка газа в подвесном потолке служебного помещения. Как долго ты должна здесь оставаться?

Врачи согласились бы выписать Матильду уже назавтра, если бы у нее были средства на вызов врача на дом, а состояние позволяло бы самостоятельно передвигаться. Видя, что София собирается уйти, Матильда расплакалась.

— Не оставляй меня здесь, от этого запаха дезинфекции я схожу с ума! Я заплатила сполна, клянусь! Больше этого со мной не произойдет. Я так боюсь снова подсесть, что не глотаю успокоительные, которые мне положены, а только делаю вид. Знаю, я для тебя обуза, но вытащи меня отсюда, София, вытащи немедленно!

София вернулась к койке подруги и погладила ее по лбу, избавляя от судорог отчаяния. Она пообещала сделать все и без промедления, чтобы найти выход, и снова ее навестить поздно вечером.

Покинув госпиталь, София устремилась в доки: ей предстоял насыщенный день. Время летело быстро: задание заданием, но она не могла себе позволить забыть о своих подопечных. Сейчас она собиралась проведать старого друга-бродягу. Джуэлс покинул мир, не обозначив дорогу, приведшую его под арку № 7, служившую ему более-менее постоянным убежищем. Жизнь сыграла с ним несколько жестоких шуток. Сокращение персонала подвело черту под его карьерой. Простое письмо уведомляло, что он больше не служит в крупной компании, которая была для него всем.

В пятьдесят восемь лет человек еще очень молод... Пусть косметические фирмы клянутся, что в шестьдесят лет вся жизнь еще впереди, надо только больше заботится о своей внешности, даже их службы персонала убеждены в обратном и соответствующим образом поступают со своими работниками. Так Джуэлс Мински стал безработным. Сотрудник службы безопасности отобрал у него пропуск у входа в здание, в котором он проводил больше времени, чем дома. Не говоря ни слова, человек в форме проводил его до рабочего стола. Под безмолвными взглядами бывших коллег Джуэлс поспешно собрал свои вещи. Унылым дождливым днем он отправился восвояси с жалкой картонной коробкой под мышкой. Так завершились тридцать два года его честной службы.

Жизнь Джуэлса Мински — статистика, влюбленного в прикладную математику, — легко укладывалась в простейшие арифметические действия: сложение уик-эндов, посвященных работе в ущерб нормальной жизни; деление в пользу власти нанимателей (все служащие гордились тем, что на них вкалывают, все составляли одну большую семью, в которой каждый играл отведенную ему роль и не посягал на большее); умножение унижений и идей, проигнорированных незаконными вершителями чужих судеб; наконец вычитание права достойно завершить трудовой путь. Подобно квадратуре круга, существование Джуэлса сводилось к уравнению из невероятных несправедливостей.

В детстве Джуэлс любил болтаться рядом со свалкой металлолома, где отправлялись под чудовищный пресс остовы старых автомобилей. Гоня ночные мысли об одиночестве, он часто представлял себе жизнь молодого богатого служащего, перечеркнувшего его жизнь и отправившего его на свалку. Осенью аннулировались его кредитные карточки, банковский счет не пережил зиму, весной он покинул свой дом. Летом он принес в жертву большую любовь, забрав в последнее путешествие свою гордость. Сам не отдавая себе в этом отчета, Джуэлс Мински, пятидесяти восьми лет от роду, избрал непостоянным местом для своего ночлега пространство под аркой № 7 на пристани № 80 торгового порта Сан-Франциско. Скоро он отпразднует десятилетнюю годовщину жизни под звездами. Всем желающим он с удовольствием признавался, что, отправляясь в путь, понятия не имел, где окажется.

София осмотрела рубец у него под дырявой шерстяной штаниной в шотландскую клетку.

— Джуэлс, вашу ногу пора лечить!

— Не начинай, пожалуйста, моя нога в полном порядке.

— Если не продезинфицировать рану, то меньше чем через неделю начнется гангрена, вы сами знаете!

— Я уже пережил худшие гангрены, моя красавица. Одной меньше, одной больше — какая разница? Я ведь давно прошу Создателя меня прибрать, поэтому просто не имею права лечиться. Если при всякой болячке я стану бегать к врачу, то чего будут стоить мои мольбы эвакуировать меня с этой проклятой земли? Так что эта царапина — мой выигрышный билет на тот свет.

— Кто вбил вам в голову эти глупости?

— Никто. Хотя здесь побывал один тип, который со мной всецело согласен. Мне понравилось с ним спорить! Когда я его вижу, у меня впечатление, что это я сам в зеркале прошлого. Он носит такие же костюмы, как я до того, как у моего портного, заглянувшего в мои карманы и обнаружившего там пустую бездну, случился приступ головокружения... Я проповедую ему добро, он мне — зло. Это такой обмен. Надо же мне как-то отвлечься!

Без крыши над головой, никого не ненавидя, без крошки съестного, даже без прутьев решетки, которые можно было бы попробовать перепилить... Положение Джуэлса Мински было хуже положения заключенного. Мечты становятся роскошью, когда приходится бороться за существование. Днем изволь искать пропитание на свалках, зимой — непрерывно ходить, двигаться, препятствуя смертоносному союзу сна и холода.

— Все, Джуэлс, я везу вас в диспансер!

— Я думал, ты работаешь в службе безопасности порта, а не в Армии Спасения.

София изо всех сил потянула бродягу за руку, помогая ему подняться. Он не старался облегчить ей задачу, но тем не менее нехотя доплелся до машины. Она открыла дверцу, он запустил руку в бороду, раздумывая. София молча за ним наблюдала. Вокруг его лазоревых глаз пролегли глубокие морщины — фортификационные рвы души, исполненной глубоких чувств. У губастого улыбчивого рта красовались другие письмена, свидетельства существования, для которого бедность — всего лишь видимость.

— В твоей машине будет не очень сладко пахнуть. С этой ногой я в последнее время нечасто бываю в душе.

— Говорят, что деньги не пахнут, так почему у бедности должен быть запах? Хватит болтать, полезайте!

СЕМЬ ДНЕЙ ТВОРЕНИЯ

Передав своего пассажира заботам диспансера, она поехала назад в доки. По пути она сделала крюк, чтобы навестить мисс Шеридан: ее нужно было попросить о важной услуге. Рен сидела на своем крыльце. Она наметила поход по делам в город, но Сан-Франциско славится своими крутыми улицами, каждый шаг по которым — пытка для престарелого человека, поэтому встреча в этот неурочный час с Софией была равносильна чудесному избавлению. София пригласила ее в машину, а сама побежала к себе. Дома она проверила автоответчик, не записавший ни одного сообщения, и тут же снова спустилась. По пути она поведала Рен о своем затруднении, и та согласилась поухаживать за Матильдой, пока она не поправится. Оставалось придумать, как поднять ее на второй этаж и как спустить с чердака железную кровать.

* * *

Удобно устроившись в кафетерии в доме номер 666 по Маркет-стрит, Лукас что-то чиркал прямо на клеенке. Он торжествовал: только что устроился на службу в крупнейшее агентство недвижимости во всей Калифорнии! Макая седьмой по счету круассан в кофе со сливками, он штудировал волнующее издание о развитии Силиконовой долины, «широкой полосы, ставшей за тридцать лет главной стратегической зоной высоких технологий и прозванной *легкими всемирной информатики*». Для него, специалиста по смене личин, наняться куда угодно было простейшим делом, и он уже получал сумасшедшее удовольствие от подготовки нового макиавеллиевского плана.

МАРК ЛЕВИ

Накануне, летя в самолете из Нью-Йорка, Лукас загорелся, прочтя в газете «Сан-Франциско Кроникл» статью о компании недвижимости «Эй-энд-Эйч» и полюбовавшись фотографиями с круглой физиономией ее вице-президента Эда Херта. Херт, «Эйч» из названия компании, прекрасно владел искусством проводить пресс-конференции и без устали хвастался неизмеримым вкладом своего детища в экономический взлет региона. Вот уже два десятилетия он домогался выборной должности и потому не пропускал ни одной официальной церемонии. Последний приступ разглагольствования случился с ним на официальном открытии сезона ловли крабов. Там Лукас и попался ему на глаза.

Впечатляющий набор комплиментов от влиятельных лиц, которыми Лукас умело заминировал разговор, принес ему пост советника вице-президента, каковой был учрежден для него незамедлительно. Эд Херт отлично знал, какие люди ему нужны, и согласие было достигнуто еще до того, как второй человек в компании отправил в рот первую крабовую клешню, обильно сдобренную шафрановым майонезом; досталось майонеза и манишке его смокинга.

Часы показывали 11 часов утра. Еще час — и Эд уже знакомил Лукаса со своим компаньоном Антонио Андричем, президентом группы.

Андрич, «Эй» из названия, железной рукой в бархатной перчатке управлял обширной коммерческой сетью, которую плел долгие годы. Врожденный нюх и несравненное усердие позволили Антонио Андричу выстроить огромную империю, на которую трудились более трехсот агентов и почти столько же юристов, бухгалтеров и ассистентов.

Семь дней творения

Поколебавшись, Лукас отказался от восьмой венской булочки и щелчком пальцев потребовал капуччино. Грызя черный фломастер, он просмотрел свои записи и опять задумался. Статистика, предоставленная ему информационным отделом «Эй-энд-Эйч», говорила сама за себя.

Под шоколадный бисквит, от которого он все-таки не смог отказаться, Лукас пришел к выводу, что в Долине не арендовать, не продать и не купить ни строения и ни клочка земли в обход компании, к которой он принадлежал со вчерашнего вечера. Рекламный буклет с блестящим лозунгом «Умная недвижимость» помог ему продумать план действий.

Компания «Эй-энд-Эйч» была единством о двух головах, ахиллесова пята этой гидры находилась в месте соединения шей. Достаточно было, чтобы два мозга вдохнули один и тот же воздух — и произошло бы взаимное удушение. Спор Херта и Андрича за штурвал судна немедленно его потопил бы. Крушение империи «Эй-энд-Эйч» быстро разожгло бы аппетит крупных собственников и дестабилизировало рынок недвижимости в Долине, где арендная плата служила главной опорой экономической жизни. Финансы отреагировали бы на происходящее без задержки, и предприятия региона остались бы без кислорода.

Лукас кое-что уточнил и предположил наиболее вероятное: что многие предприятия не выдержат увеличения арендной платы и снижения расценок на свою продукцию и услуги. Даже при пессимистическом варианте расчеты Лукаса позволяли предположить, что работы лишатся около десяти тысяч человек, а этого окажется достаточно, чтобы взорвать экономику всего региона и вызвать такую закупорку сосудов, какую никто и представить себе не мог: у мировой информатики откажут легкие!

При всей своей внешней самоуверенности финансовые круги чрезвычайно боязливы. Миллиарды, в которые оцениваются на Уолл-стрит компании высокой технологии, в считаные недели улетучатся, и самое сердце страны поразит великолепный инфаркт!

— Даже у глобализации есть достоинства! — сообщил Лукас официантке, принесшей ему на сей раз горячий шоколад.

— Наверное, вы собираетесь удалить все это свинство корейским чистящим средством, — ответила официантка, глядя на его каракули на клеенке.

— Перед уходом я все сотру! — проворчал он и вернулся к прерванным размышлениям.

Недаром ведь утверждают, что один взмах крыльев бабочки может породить разрушительный циклон! Лукас докажет, что эта теорема приложима и к экономике. Кризис в Америке не замедлит перекинуться в Европу и в Азию. Роль бабочки сыграет «Эй-энд-Эйч»! Взмахом ее крыльев станут действия Эда Херта, театром его торжества — городские доки.

Тщательно выскоблив клеенку вилкой, Лукас покинул кафе и обошел дом. Его внимание привлек «Крайслер»-купе: пришлось взломать замок. При въезде на подземную стоянку своего нового места работы Лукас приложил к уху мобильный телефон и, остановившись перед дежурным, попросил его дружеским жестом подождать. Речь его была неторопливой и отчетливой: он поведал воображаемому собеседнику, как Эд Херт втолковывал в его присутствии очаровательной журналистке, будто истинная голова компании — он, Эд, а его партнер — всего лишь ноги. Тираду завершил хохот. Только после этого Лукас распахнул дверцу и отдал ключи молодому служащему, заметившему, что у дверного замка повреждена личинка.

— Знаю, — недовольно буркнул Лукас. — Опасность подстерегает повсюду!

Дежурный, слышавший каждое слово мнимой телефонной беседы, проводил Лукаса взглядом и верной рукой, с признанным всеми искусством, запарковал автомобиль с открытым верхом. Только ему доверяла каждое утро руль своего внедорожника персональная ассистентка Антонио Андрича. Потребовалось всего два часа, чтобы слух добрался до девятого, последнего этажа офиса в доме 666 по Маркет-стрит, престижной штаб-квартиры «Эй-энд-Эйч»; если бы не обеденный перерыв, слух разнесся бы еще стремительнее. В 13:17 Антонио Андрич в гневе ворвался в кабинет Эда Херта, в 13:29 вылетел из его кабинета, хлопнув дверью. На лестничной площадке раздался его крик: мол, «ноги» отправляются разминаться на лужайку для гольфа, и пусть «мозги» сами собирают и проводят ежемесячное собрание коммерческих директоров.

Забирая из гаража кабриолет, Лукас с молодым служащим обменялись заговорщическими взглядами. Встреча с вице-президентом начиналась через час, оставалось еще время прокатиться. Ему безумно хотелось сменить машину, тем более что до порта — места, где он собирался проститься в своей индивидуальной манере с кабриолетом, — было рукой подать.

МАРК ЛЕВИ

* * *

София подбросила Рен в парикмахерскую и пообещала заехать за ней через два часа. Это оставляло ей время на лекцию по истории в образовательном центре для слабовидящих. Когда она появилась на пороге класса, ученики дружно встали.

— Скажу без кокетства, я здесь самая молодая, так что садитесь, прошу вас!

Класс исполнил повеление не без ропота. София продолжила лекцию в том месте, где прервала ее в прошлый раз. Открыв на своем столе книгу, набранную шрифтом для слепых, она начала читать. Ей нравилось нащупывать слова кончиками пальцев, составлять на ощупь фразы, оживлять мысль своим прикосновением. Она ценила этот мир незрячих, кажущийся таинственным тем, кто воображает себя всевидящими, хотя и упускает из виду столько всего важного. Закончив урок со звонком, она назначила ученикам новую встречу на четверг. Теперь надо было забрать из парикмахерской и отвезти домой Рен, потом заехать в диспансер за Джуэлсом и вернуть его на насиженное место — в док. С перевязанной ногой он походил на флибустьера и не скрыл гордости, услышав об этом от Софии.

— Что-то у тебя озабоченный вид, — сказал он ей.

— Просто немного забегалась.

— Как всегда. Выкладывай, что тебя тревожит, я слушаю.

— Понимаете, Джуэлс, я приняла странный вызов. Вот представьте, что вам нужно совершить какое-то невероятное добро, что-то такое, от чего переменится судьба мира... Что бы вы выбрали?

СЕМЬ ДНЕЙ ТВОРЕНИЯ

— Будь я утопистом, верящим в чудеса, то ответил бы: искорени во всем мире голод, покончи со всеми болезнями, запрети всякое посягательство на достоинство ребенка... Я бы примирил все религии, посеял бы на земле всеобщую терпимость, одержал бы полную победу над бедностью. Вот что я натворил бы... будь я Господом Богом!

— Вы уже задавались вопросом, почему Он Сам всего этого не сделает?

— Ты знаешь не хуже меня, почему: потому что все это зависит не от Его воли, а от людей, которым Он даровал Землю. Видишь ли, София, огромного добра, которое можно было бы себе представить, не существует, потому что добро, в отличие от зла, невидимо. Его не подсчитать и не пересказать так, чтобы оно не лишилось своего изящества, самого своего смысла. Добро слагается из бесконечного количества мельчайших поступков, которые рано или поздно изменят, возможно, этот мир. Попроси любого назвать пятерых людей, изменивших к лучшему судьбы человечества. Лично я, например, не знаю, кто был первый демократ, кто изобрел антибиотики, кто был первым миротворцем. Как ни странно, мало кто смог бы их назвать, зато люди без запинки назовут пятерых диктаторов. Все знают названия смертельных болезней, зато редкие знатоки назовут их победителей. Вершина зла, которой все страшатся, — это пресловутый конец света, но при этом всем невдомек, что вершина добра уже была достигнута: это случилось в день Творения!

— И все же, Джуэлс, как насчет добра, наивысшего добра в вашем исполнении?

МАРК ЛЕВИ

— Я бы поступал в точности, как ты! Я возвращал бы надежду всем, с кем сталкиваюсь. Например, недавно ты, сама не отдавая себе в этом отчета, сделала замечательное изобретение.

— Какое, интересно знать?

— Улыбнулась мне, минуя мою арку. Чуть позже детектив, часто заезжающий в порт перекусить, проезжал здесь с брюзгливым, как водится, видом. Наши взгляды встретились, я поделился с ним твоей улыбкой, и когда он ехал обратно, она еще оставалась на его губах. Есть небольшая надежда, что он передаст ее тому, с кем встретится. Понимаешь теперь, что ты делаешь? Ты изобрела вакцину против уныния. Если бы все этим занимались, хотя бы по одному разу в день, — позволяли себе улыбку — то ты только представь невероятную эпидемию счастья, охватывающую землю! Вот тебе и способ одержать верх в пари.

Старый Джуэлс чихнул в ладонь.

— Ладно, чего там… Я с того и начал, что не принадлежу к утопистам. Так что ограничусь благодарностью за то, что подбросила!

Бродяга вылез из машины и захромал к своему убежищу. Оглянувшись, он помахал Софии рукой.

— Какие бы вопросы тебя ни мучили, доверяй своему инстинкту и делай то, что делаешь.

София удивленно посмотрела на него.

— Чем вы занимались, прежде чем оказаться здесь, Джуэлс?

Но он исчез под аркой, не дав ответа.

София заглянула в «Рыбацкую закусочную», чтобы повидаться с Манчей. Уже начался обеденный

82

перерыв, но ей во второй раз за день необходимо было попросить кого-то об услуге. Бригадир докеров еще не притронулся к своей тарелке. София присела к нему за столик.

— Почему вы не едите свою яичницу?

Манча наклонился к ее уху.

— Без Матильды кусок в горло не лезет. Все кажется безвкусным.

— Как раз о ней я и собиралась с вами поговорить...

Через полчаса София покидала порт в обществе бригадира и четверых докеров. Под аркой № 7 она резко ударила по тормозам. Она узнала мужчину в элегантном костюме, курившего рядом с Джуэлсом. Двое докеров, севшие к ней в машину, и еще двое, ехавшие за ней в пикапе, удивились, чего это она так тормозит. Она ничего не ответила и поехала дальше, в сторону Мемориального госпиталя.

* * *

Фары новенького «Лексуса» загорелись в ту же секунду, когда он вкатился на подземную стоянку. Лукас торопливо направился к лестнице. Судя по часам, у него в запасе оставалось десять минут.

Лифт высадил его на девятом этаже. Он сделал крюк, чтобы заглянуть к ассистентке Антонио Андрича и взгромоздиться без приглашения на край ее стола. Она, не поднимая головы, продолжала сновать пальцами по клавиатуре компьютера.

— Кажется, вы полностью поглощены работой?

Элизабет молча улыбнулась, не отрываясь от дела.

— Между прочим, в Европе продолжительность рабочего дня установлена законом. Во Франции даже уверены, что трудиться больше тридцати пяти часов в неделю вредно для творческого развития личности.

Элизабет встала, чтобы налить себе кофе.

— А если вы сами хотите работать больше?

— Нельзя! Во Франции культ искусства жить, а не работы.

Элизабет вернулась к своему дисплею и сдержанно заговорила:

— Мне сорок восемь лет, я разведена, оба мои отпрыска учатся в университете, у меня собственная квартирка в Сосалито и миленький кондоминиум на озере Тахо, выплаты за который я завершу через два года. Честно говоря, я не считаю, сколько времени здесь провожу. Мне нравится мое занятие, оно устраивает меня гораздо больше, чем прогулки перед витринами и мысли о том, что я недостаточно тружусь, чтобы позволить себе то, что мне хочется. Что до ваших французов, то напоминаю: они едят улиток! Мистер Херт у себя, вам назначено на четырнадцать часов. Сейчас как раз четырнадцать ровно, так что вперед!

Лукас шагнул к двери.

— Вы не пробовали чесночное масло, иначе так не говорили бы! — сказал он, оглянувшись.

* * *

София добилась выписки Матильды из больницы. Матильда подписала условия, а София поклялась, что при первом признаке ухудшения немедленно отвезет ее обратно. Главный врач дал согласие, оговорив, однако, что оно вступит в силу, только если осмотр в пятнадцать часов подтвердит, что состояние пациентки имеет тенденцию к улучшению.

СЕМЬ ДНЕЙ ТВОРЕНИЯ

На госпитальной стоянке Матильда поступила в распоряжение четырех портовых грузчиков. Те дали волю шуткам насчет хрупкости своего груза и использовали весь специфический словарь, обычно сопровождающий погрузочно-разгрузочные работы, только роль контейнера в этот раз исполняла Матильда. С большими предосторожностями они уложили ее на импровизированные носилки в грузовичке. София поехала с наименьшей возможной скоростью, так как любой толчок отдавался в сломанной ноге Матильды острой болью. На дорогу ушло целых полчаса.

Докеры спустили с чердака дома железную кровать и поставили ее у Софии в гостиной. Манча подвинул кровать к окну и смастерил рядом с ней ночной столик. После этого под его руководством начался медленный подъем Матильды на второй этаж. При преодолении каждой ступеньки София напрягалась, слыша стоны Матильды. Мужчины в ответ бодро напевали. Когда лестница осталась позади, женщины облегченно рассмеялись. Ласково, как пушинку, докеры опустили свою любимую официантку на ее новое ложе.

София хотела угостить их в благодарность обедом, но Манча сказал, что это лишнее, Матильда и так их балует в закусочной, и они перед ней в неоплатном долгу. Когда машина отъехала, Рен налила две чашечки кофе и понесла его вместе с серебряной чашей с сухариками наверх.

Покидая пристань № 80, София решила сделать небольшой круг. Включив радио, она шарила в эфире, пока салон не заполнил голос Луи Армстронга. «What a wonderful world» была одной из ее любимых песен, она с удовольствием подпевала старому блюзмену. «Форд» обогнул склады и поехал к аркам под боком у огромных кранов. Она прибавила скорость, не обращая внимания на частых «лежачих полицейских». Пение подняло ей настроение, она опустила стекло, впустив в машину ветер с моря. Волосы растрепались, она сделала звук еще громче. С наслаждением виляя между ограничительными надолбами, она приближалась к седьмой арке. При виде Джуэлса она помахала ему, он ответил. Он был один. София выключила радио, подняла стекло и свернула к воротам.

* * *

Херт покинул зал совета под вкрадчивые аплодисменты директоров, озадаченных прозвучавшими из его уст посулами. Уверенный в своем таланте коммуникатора, Эд превратил коммерческое совещание в пародию на пресс-конференцию, безудержно развивая свои экспансионистские фантазии. В лифте, идущем на девятый этаж, Эд торжествовал: оказалось, что управлять людьми вовсе не сложно, при необходимости он сумеет самостоятельно позаботиться о будущем компании. Опьяненный радостью, он в знак победы поднял крепко сжатый кулак.

* * *

Мячик ударился о флажок и свалился в лунку. У Антонио Андрича получился великолепный прямой удар. Опьяненный радостью, он показал небесам стиснутый кулак в знак победы.

Семь дней творения

От радости Лукас опустил крепко сжатый кулак. Вице-президент умудрился ввергнуть главных командиров своей империи в небывалое волнение. Смятение их умов не замедлит распространиться на нижние этажи.

Эд ждал Лукаса у автомата с напитками и при виде его раскрыл объятия.

— Собрание прошло отлично! Я отдаю себе отчет, что нечасто появляюсь перед своим войском. Пора исправить оплошность. В этой связи я хочу попросить вас о небольшой услуге...

На вечер у Эда было назначено интервью с журналисткой, готовившей статью о нем для местной газеты. Но в этот раз он решил пожертвовать своим долгом перед прессой во имя нужд своих верных сотрудников. Он уже пригласил на ужин шефа отдела развития, ответственного за маркетинг, и четырех директоров коммерческой сети. После небольшой стычки с Антонио он предпочитает не ставить того в известность о своей инициативе: пусть лучше посвятит вечер полноценному отдыху, заметно ведь, что ему пора отдохнуть. Если Лукас согласится ответить за него, Херта, на вопросы журналистки, то это будет неоценимой услугой, тем более что хвала из уст человека со стороны всегда звучит убедительнее. Эд сказал, что всецело полагается на своего нового советника, и в подтверждение своих слов дружески похлопал его по плечу. Столик заказан на девять часов вечера в «Синдбаде», рыбном ресторане на Рыбачьем причале: романтическая обстановка, восхитительные крабы, счет оплатит компания. Но статья должна получиться красноречивой!

МАРК ЛЕВИ

* * *

Закончив с обустройством Матильды, София вернулась в Мемориальный госпиталь, теперь — в другое его отделение. Целью ее был третий этаж третьего корпуса.

В педиатрическом отделении царила обычная суета. Но маленький Томас узнал ее шаги в коридоре и заранее просиял. Для него самыми лучшими днями недели были вторник и пятница. София погладила его по щеке, присела на край койки, послала ему воздушный поцелуй (это было их символическое приветствие) и нашла в книжке страницу, на которой прервала чтение в прошлый раз. Книжку, которую она после каждого посещения клала в ящик его ночного столика, больше никому не разрешалось трогать: Томас бдительно ее стерег, как сокровище. В ее отсутствие он даже самому себе не позволял прочесть хотя бы словечко из драгоценной книги. Малыш с лысой головой лучше любого другого знал цену волшебного мгновения. Рассказывать ему эту сказку можно было одной Софии, никто больше не имел права вникать в фантастические приключения кролика Теодора. Своей неподражаемой интонацией она превращала в бриллиант каждую строчку. Иногда она вставала и начинала расхаживать по палате; каждый ее широкий шаг, сопровождаемый выразительными жестами и потешными гримасами, вызывал у мальчугана приступы безудержного смеха. На целый феерический час в его палате оживали персонажи сказки, возвращала себе права жизнь. Даже открывая глаза, Томас не помнил о четырех стенах, о своем страхе и боли.

Семь дней творения

Она закрыла книгу, положила ее на положенное место и посмотрела на хмурящегося Томаса.

— Что это ты вдруг посерьезнел?

— Ничего.

— Ты чего-то не понял в истории?

— Да.

— Чего? — Она взяла его за руку.

— Почему ты мне ее рассказываешь?

У Софии не нашлось для ответа правильных слов. Томас подбодрил ее улыбкой.

— А я знаю! — сообщил он.

— Ну так скажи!

Он покраснел, скомкал край простыни.

— Потому что ты меня любишь, — прошептал он.

Пришла очередь Софии залиться краской.

— Ты прав, это как раз то слово, которое я искала... — проговорила она ласково.

— Почему взрослые не всегда говорят правду?

— Потому, думаю, что иногда они ее боятся.

— Но ты ведь не такая, как они, да?

— Во всяком случае, я очень стараюсь, Томас.

Она приподняла личико ребенка за подбородок и поцеловала его. Он изо всех своих силенок стиснул ее в объятиях. После завершения ласк София шагнула к двери, но Томас окликнул ее.

— Я умру?

Томас пристально смотрел на нее. София не торопилась с ответом, изучая его глубокий недетский взгляд.

— Может быть, — выдавила она наконец.

— Нет, если рядом будешь ты. До пятницы, — проговорил ребенок.

— До пятницы. — И она дунула на ладонь, посылая ему прощальный поцелуй.

Она поехала в доки, проследить за правильностью разгрузки очередного транспорта. В первом же штабеле поддонов ее внимание привлек непорядок: она присела, чтобы проверить санитарную этикетку, гарантирующую соблюдение правил хранения на холоде. Стрелка на шкале уже заехала в черную зону. София схватила рацию и включила пятый канал. Офис ветеринарной службы на вызов не отвечал. Грузовик-рефрижератор, ожидавший погрузки, не замедлит развезти испорченный товар по многочисленным ресторанам города. Решение необходимо было найти сейчас же, на месте. Она переключилась на третий канал.

— Манча, это София. Вы где?

В рации раздался треск.

— Как всегда, на посту, — отозвался Манча. — Между прочим, погода отличная, можете не сомневаться. Я вижу китайский берег.

— Здесь разгружается «Васко де Гама». Можете сейчас ко мне подъехать?

— Какие-то проблемы?

— Лучше поговорим на месте, — ответила она и отключила связь.

Она ждала Манчу под краном, переносившим поддоны с борта корабля на пристань. Бригадир примчался через считаные минуты на «Фенвике».

— Что я могу для вас сделать? — спросил он.

— Как раз сейчас этот кран подцепил десять поддонов с несъедобными креветками.

— Что дальше?

Семь дней творения

— Сами видите, санитарная служба при разгрузке отсутствует, соединиться с ней не получается.

— У меня дома есть две собаки и хомяк, но это не превращает меня в ветеринара. А вы что, специалист по ракообразным?

София показала ему контрольную шкалу.

— Если этим не заняться, лучше не ходить сегодня вечером в ресторан...

— Предположим. Но от меня-то вы чего хотите? Даю слово, что сегодня останусь ужинать дома.

— Лучше бы и детишкам не ходить завтра в школьную столовую.

Фраза была далеко не невинной: Манча не мог вынести, когда с детской головы падал хотя бы один волосок. Дети были для него неприкосновенной святыней. Он долго смотрел на Софию, почесывая подбородок.

— Ладно, уговорили. — Он взял у нее передатчик и переключил его на частоту крановщика. — Сэми, останови-ка свою стрелу!

— Ты что ли, Манча? У меня на тросе триста килограммов, может, подождешь?

— Нет!

Стрела замерла над морем. Груз медленно покачивался.

— Хорошо, — сказал Манча в микрофон. — Сейчас я передам тебе сотрудницу службы безопасности, которая только что обнаружила серьезный непорядок в креплении твоего груза. Она прикажет тебе немедленно его бросить, иначе вся ответственность за риск будет лежать на тебе. Ты немедленно ее послушаешься, потому что твоя работа — проделывать такие фокусы.

Он с широкой улыбкой передал трубку Софии. Та смущенно кашлянула, потом произнесла положенные слова. Сухой щелчок — и крюк разомкнулся. Поддоны с креветками обрушились в воду порта. Манча залез в свой «Фенвик». Трогаясь с места, он будто бы по ошибке включил задний ход и опрокинул ящики, уже выгруженные на пристань. Притормозив рядом с Софией, он сказал:

— Если сегодня ночью у рыбок заболят животики, это ваши проблемы, я не желаю об этом слышать. И ничего не говорите мне о страховке!

После этого трактор бесшумно укатил по асфальту.

День подходил к концу. София поехала через весь город, на западную оконечность Ричмонда, где на 45-й-стрит находилась булочная, продававшая любимые макароны Матильды. По пути она сделала кое-какие покупки.

Она вернулась через час с полными руками и поднялась к себе на второй этаж. Открыв дверь ногой, она, ничего не видя из-за пакетов, двинулась прямиком к кухонной стойке. С облегчением водрузив свой груз на стойку, она увидела Рен и Матильду, смотревших на нее как-то странно.

— Можно посмеяться вместе с вами? — спросила она их.

— Мы не смеемся, — ответила Матильда.

— Еще нет, но, судя по выражению ваших лиц, сейчас не выдержите.

— Тебе принесли цветы! — прошептала Рен, сдерживаясь из последних сил. София переводила взгляд с одной на другую.

— Рен убрала их в ванную комнату, — выдавила Матильда.

— Почему в ванную? — спросила София подозрительно.

— Из-за влажности, наверное, — весело объяснила Матильда.

София отодвинула занавеску душа. У нее за спиной Рен произнесла:

— Таким растениям требуется много воды.

Воцарилась тишина. Потом София осведомилась, кого угораздило прислать ей водяную лилию, но ответом ей был донесшийся из гостиной хохот Рен, ей стала вторить Матильда. Придя в себя, Рен сказала, что на раковине лежит конверт с запиской. София с недоумением его вскрыла.

«К большому моему сожалению, профессиональные обязанности вынуждают меня перенести наш ужин. Постараюсь добиться от вас прощения в 19:30 в баре отеля «Хайятт Эмбаркадеро», за аперитивом. Приходите, мне необходимо ваше общество».

Бумажку подписал Лукас. София скомкала ее, бросила в мусорную корзину и вернулась в гостиную.

— Кто это такой? — спросила Матильда, растирая сведенные хохотом скулы.

София вместо ответа подошла к шкафу, решительно распахнула дверцу. Она надела кардиган, схватила со столика ключи и только тогда сообщила Рен и Матильде, как она рада, что они поладили. Она принесла им продукты для ужина, а у нее самой работа, она вернется поздно. Сказав это, она ринулась вниз по лестнице. Прежде чем хлопнула дверь, до слуха двух женщин донеслись произнесенные ледяным тоном слова: «Хорошего вам вечера!» Несколько секунд — и рев двигателя стих. Матильда смотрела на Рен, уже не скрывая широкую улыбку.

— Думаете, она обиделась?

— Получить кувшинку! — И Рен вытерла слезинку в углу глаза.

Поджав губы, София включила в машине радио.

— Он принимает меня за лягушку! — прошипела она.

На пересечении с Третьей авеню она заехала локтем по рулю, случайно попав по клаксону. Пешеход, чуть не оказавшийся у нее под колесами, гневно показал на светофор: для нее еще горел красный свет. Она просунула голову в окно и крикнула:

— Прошу прощения, но все земноводные — дальтоники!

Дождавшись «зеленого», она надавила на газ и помчалась к порту.

— Профессиональные обязанности? Ква-ква-ква! Кем он себя воображает?!

Охранник пристани № 80 вышел из своей будки и подал ей записку от Манчи: бригадиру грузчиков надо было немедленно с ней увидеться. Она покосилась на часы и поехала к офису бригадиров. Стоило ей войти и увидеть выражение лица Манчи, как она поняла: случилось несчастье. Он подтвердил: матрос Гомес свалился в трюм. Причиной несчастного случая стала, судя по всему, сломанная лестница. Содержимое трюма смягчило падение, но несильно, и беднягу отправили в больницу в тяжелом состоянии. Коллеги трюмного матроса возмущены. Произошло это не во время дежурства Софии, тем не менее она чувствовала себя ответственной. Напряжение продолжало нарастать, между пристанями 96 и 80 уже поговаривали о забастовке. Желая погасить страсти, Манча дал обещание задержать корабль. Если расследование подтвердит подозрения о причинах инцидента, профсоюз вчинит судовладельцу иск. Пока же, желая оспорить обоснованность забастовки, Манча пригласил на ужин трех глав отделения профсоюза портовиков. Он хмуро записал на клочке бумаги, выдранном из блокнота, координаты ресторана.

— Хорошо бы ты составила нам компанию, я заказал столик на девять вечера.

Взяв у него листок, София вышла. На пристани дул резкий, как пощечина, холодный ветер. Она набрала в легкие ледяной воздух и задержала дыхание. На поскрипывающий причальный канат уселась чайка и уставилась на Софию, наклонив головку.

— Это ты, Гавриил? — робко спросила София. Птица с громким криком взмыла в воздух. — Нет, не ты...

Она побрела вдоль воды, испытывая незнакомое чувство: вместе с водяной пылью ее обволакивала непрошеная грусть.

— Ты чем-то огорчена?

Голос Джуэлса заставил ее вздрогнуть.

— Я не слышала, как вы подошли.

— Зато я тебя услышал. — Старик приблизился к ней. — Что ты здесь делаешь в такой час? Сейчас не твоя смена.

— Пришла поразмыслить о том, почему день получился таким нелепым.

— Сама знаешь, как обманчива бывает видимость!

София пожала плечами и опустилась на первую ступеньку лестницы, спускающейся к воде. Джуэлс устроился с ней рядом.

— Нога не болит? — спросила она.

— Наплюй ты на мою ногу! Лучше расскажи мне о своем огорчении.

— Наверное, это усталость.

— Усталость тебе неведома. Так я слушаю!

— Сама не знаю, что со мной, Джуэлс. Какая-то вялость...

— Ну вот, приехали!

— А что?

— Так, ничего. Откуда взялась эта хандра?

— Понятия не имею.

— Никогда не знаешь, откуда берется этот скарабей печали: бывает, от него спасу нет, а поутру хватишься — а его уже и след простыл.

Он попытался встать, она протянула ему руку, чтобы он на нее оперся. Он поморщился, выпрямляясь.

— Четверть восьмого, тебе пора.

— Откуда вы знаете?

— Оставь свои вопросы. Время позднее, вот и все. Всего хорошего, София!

Он бодро зашагал, совсем не хромая. Прежде чем исчезнуть под своей аркой, он обернулся и крикнул:

— Эта твоя хандра — блондин или брюнет?

И Джуэлс канул в темноту, оставив ее на стоянке в одиночестве.

CEMЬ ДНЕЙ ТВОРЕНИЯ

Поворот ключа зажигания — и новое препятствие: фары «Форда» не добивали до носа ближайшего корабля, стартер издавал жалкие звуки — так хлюпает при перемешивании вручную картофельное пюре... София гневно хлопнула дверцей и направилась к будке охранника.

— Дерьмо! — выругалась она, подзывая такси.

Через полчаса она подъехала к «Эмбаркадеро-Центр» и побежала по эскалатору, ведущему в большой атриум гостиничного комплекса. Оттуда лифт в мгновение ока забросил ее на верхний этаж.

Панорамный бар медленно поворачивался вокруг собственной оси. Всего за полчаса отсюда можно было полюбоваться островом Алькатрас на востоке, мостом Бэй-бридж на юге, небоскребами финансовых кварталов на западе. Взору Софии предстал бы также несравненный мост «Золотые ворота», связывающий зеленые просторы Президио и поросшие мятой скалы Сосалито, однако для этого надо было сидеть лицом к окну, а на лучшем месте устроился сам Лукас.

Он захлопнул меню коктейлей и щелчком пальцев подозвал официанта. София смущенно опустила голову. Лукас выплюнул на ладонь косточку, которую до этого долго гонял языком из одного угла рта в другой.

— Цены здесь безумные, зато видам нельзя не отдать должное, — заявил он, отправляя в рот новую оливку.

— Вы правы, вид симпатичный, — согласилась София. — Кажется, я даже вижу кусочек «Золотых ворот» в узком зеркале напротив. Впрочем, это может быть и отражение дверей туалета, они тоже красные.

Лукас высунул язык и скосил глаза, пытаясь увидеть его кончик. Сняв с языка обсосанную косточку оливки, он отправил ее в хлебницу:

— Все равно сейчас темно.

Официант дрожащими руками поставил на стол сухой мартини и два крабовых коктейля и поспешно удалился.

— Вам не кажется, что он какой-то напряженный? — спросила София.

Лукас прождал столик десять минут и отчитал за это официанта.

— Поверьте мне, их цены дают право проявлять требовательность.

— У вас наверняка «золотая» кредитная карточка? — поддела его София.

— А как же! Откуда вы знаете? — В тоне Лукаса звучало удивление пополам с восхищением.

— Владельцы таких часто задирают нос. Поверьте мне, счета, оплачиваемые посетителями, и получка работников несопоставимы.

— Предположим, ну и что? — буркнул Лукас, расправляясь с неизвестно какой по счету оливкой.

Теперь, заказывая миндаль, еще рюмку, требуя чистую салфетку, он заставлял себя сдавленно произносить слова благодарности; казалось, они царапают ему горло. Когда София участливо спросила, что его гложет, он разразился оглушительным хохотом. Все только к лучшему в этом лучшем из миров, он счастлив, что встретил ее. Еще через семнадцать оливок он оплатил счет, не оставив чаевых. Выходя из ресторана, София тайком сунула пятидолларовую бумажку посыльному, бегавшему за машиной Лукаса.

Семь дней творения

— Вас подвезти? — спросил Лукас.

— Нет, благодарю, я возьму такси.

Лукас вальяжным жестом распахнул заднюю дверцу автомобиля.

— Садитесь, я вас подброшу.

Кабриолет не ехал, а летел. Заставляя двигатель надсадно реветь, Лукас вставил в проигрыватель компактный диск, потом с широкой улыбкой достал из кармана «платиновую» кредитную карточку и помахал ею в воздухе.

— Согласитесь, у них есть не только недостатки.

София молча смотрела на него, потом молниеносным движением отняла у него блестящий кусок пластика и выбросила на мостовую.

— Одно из преимуществ — восстановление за одни сутки!

Тормоза отвратительно взвизгнули. Лукас рассмеялся.

— Женский юмор неотразим!

Когда машина затормозила у стоянки такси, София сама выключила зажигание, устав от рева мотора, потом вышла и аккуратно закрыла дверцу.

— Вы уверены, что не хотите, чтобы я довез вас до самого дома? — спросил Лукас.

— Спасибо, но у меня еще одна встреча. Но все-таки я вас попрошу об одной услуге...

— Все что пожелаете!

София наклонилась к окну Лукаса.

— Можете подождать, пока я сверну за угол, прежде чем снова врубить эту вашу супергазонокосилку?

Она отступила на шаг, он поймал ее за запястье.

— Я божественно провел время.

Он попросил ее предоставить ему еще одну попытку и все-таки поужинать с ним. Из-за застенчивости ему всегда трудно даются первые минуты знакомства. Им надо постараться лучше друг друга узнать. София недоумевала, какой смысл он вкладывает в понятие «застенчивость».

— Нельзя ведь судить о человеке по первому впечатлению! — настаивал он.

Теперь он говорил тоном, способным растопить даже камень. Она согласилась с ним пообедать — и только, ничего больше! Развернувшись на каблуках, она зашагала к первому такси в веренице. За спиной у нее уже урчал могучий двигатель Лукаса.

* * *

Такси подрулило к тротуару под девятый удар колоколов на соборе Божьей Милости. София успела в «Синдбад» как раз вовремя. Она вернула официантке меню и выпила воды, полная решимости сразу включиться в разговор, ради которого приехала. Ей предстояло убедить профсоюзных лидеров отказаться от забастовки в порту.

— Даже при вашей поддержке докеры не протянут без зарплаты больше недели. Если порт замрет, судам придется причаливать на другом берегу залива. Вы просто прикончите доки! — твердо заявила она.

У торгового порта Сан-Франциско был опасный конкурент — ближайший порт. Забастовка могла привести к перетеканию всех работ туда. Аппетит подрядчиков, уже десять лет заглядывающихся на лучшие площадки в городе, так разыгрался, что нельзя было и дальше разыгрывать Красную Шапочку с угрозой забастовки в корзине.

— Это случилось в Нью-Йорке и в Балтиморе, может случиться и здесь, с нами, — убеждала она собеседников, уверенная в своей правоте.

Если замрут грузовые причалы, последствия будут разрушительными не только для жизни докеров. Лавины грузовиков запрудят мосты и закупорят все подъездные пути к полуострову. Людям придется выезжать из дому на работу еще раньше, чем теперь, возвращаться еще позже. Не пройдет и полугода, как многие из них решат откочевать на юг.

— Вам не кажется, что вы делаете из мухи слона? — спросил один из профсоюзных боссов. — Речь идет всего лишь о том, чтобы договориться об увеличении платы за риск. И потом, я думаю, что оклендские коллеги нас поддержат.

— Это и есть теория о взмахе крыла бабочки, — гнула свое София, от волнения отрывая уголок от бумажной салфетки.

— При чем тут бабочка? — удивился Манча.

Сидевший позади них мужчина в черном костюме обернулся, чтобы вмешаться в их разговор. У Софии застыла в жилах кровь: она узнала Лукаса.

— Это из геофизики: будто бы взмах крыльев бабочки в Азии создает движение воздуха, которое, постепенно нарастая, способно вызвать разрушительный циклон у берегов Флориды.

Профсоюзники молча переглянулись, в их глазах читалось сомнение. Манча окунул хлеб в майонез, посолил и выпалил:

— Вместо того чтобы валять дурака во Вьетнаме, надо было потравить там всех гусениц, хоть какой-то вышел бы толк!

Лукас поздоровался с Софией и снова повернулся к журналистке, бравшей у него интервью за соседним столиком. У Софии залилось краской лицо. Один из собеседников спросил, нет ли у нее аллергии на ракообразных: она еще не притронулась к своей тарелке! Она сослалась на легкую тошноту и предложила присутствующим угощаться за нее. Главное — не креветки: пусть хорошенько поразмыслят, прежде чем сделать непоправимый шаг! Она просит ее извинить: что-то ей нездоровится.

Она встала, мужчины поднялись, как требовали приличия. Проходя мимо молодой журналистки, она наклонилась и уставилась на нее. Женщина от удивления отпрянула и едва удержалась на стуле. София через силу улыбнулась.

— Вы, наверное, очень ему нравитесь, если он посадил вас лицом к виду из окна. Конечно, вы ведь блондинка! Желаю вам обоим приятного вечера... в профессиональном смысле!

Она бросилась в гардероб. Лукас догнал ее, схватил за руку, заставил обернуться.

— Что с вами?

— Профессионалка — произнести по буквам? Не знаю, что вы расслышали, там после «про» было «ф» и так далее, а вовсе не «с», «т» и другие замечательные звуки.

— Это журналистка!

— Конечно, я тоже: по воскресеньям переношу записанное за неделе из блокнотов в интимный дневник.

Семь дней творения

— Нет, Эми — настоящая журналистка.

— Ну да, правительству позарез понадобилось установить с Эми связь.

— Не так громко, из-за вас я лишусь своего прикрытия!

— Вы о ее журнале? Лучше угостите меня десертом, я видела в меню один дешевле шести долларов.

— Я говорю о прикрытии для своего задания!

— Наконец-то приятная новость! Когда стану бабушкой, буду рассказывать своим внукам, как однажды пила аперитив с Джеймсом Бондом. Надеюсь, в отставке у вас будет право нарушить государственную тайну?

— Хватит! Вы, между прочим, тоже ужинаете не со школьными подружками.

— Очаровательно! Вы просто очаровательны, Лукас, ваша дама тоже. Какая изящная посадка головы на птичьей шейке! Везучая, через пару суток в ее распоряжении будет чудесная клетка из плетеных ивовых веточек.

— На что вы намекаете? Вам не понравилась моя кувшинка?

Наоборот, мне польстило, что вы не приложили к кувшинке аквариум и лесенку! Бегите назад, у нее очень удрученный вид. Для женщины невыносимо скучать за столом мужчины, поверьте, я знаю, о чем говорю!

София развернулась, за ней закрылась дверь ресторана. Лукас пожал плечами, бросил взгляд на стол, из-за которого вышла София, и вернулся к своей спутнице.

— Кто это? — спросила недоумевающая журналистка.

— Знакомая.

— Наверное, я суюсь не в свое дело, но она похожа на кого угодно, только не на простую знакомую.

— Действительно, это не ваше дело!

Весь ужин Лукас без устали расхваливал своего работодателя. Он объяснял, что своим поразительным взлетом компания обязана только Эду Херту. Из беззаветной преданности своему компаньону и легендарной скромности вице-президент довольствуется положением второго лица, ибо для него важнее всего само дело. Однако истинный мозг этой пары — он!

Пальчики журналистки стремительно бегали по клавиатуре карманного компьютера. Лицемер Лукас попросил ее не включать в статью кое-какие подробности, которые он ей поведал чисто по-дружески, ради ее неотразимых голубых глаз. Он наклонился к ней, наливая вино в ее бокал, она попросила его поделиться и другими альковными тайнами — чисто по-дружески, разумеется. Он с хохотом возразил, что для этого еще недостаточно пьян. Поправляя на плече шелковую бретельку, Эми поинтересовалась, что же способно вызвать у него достаточное опьянение.

* * *

София поднялась на крыльцо на цыпочках. Несмотря на поздний час, дверь Рен оставалась приоткрытой. София толкнула ее пальцем. На ковре не было на сей раз ни открытого альбома, ни чаши с сухариками. Мисс Шеридан ждала ее, сидя в кресле. София вошла.

Семь дней творения

— Тебе нравится этот молодой человек?

— Какой?

— Брось дурить! Тот, что прислал кувшинку, тот, с которым ты провела вечер.

— Выпили по рюмочке, только и всего. А что?

— А то, что мне он не нравится.

— Уверяю вас, мне тоже. Он отвратительный!

— Вот и я говорю: он тебе нравится.

— Ничего подобного! Он вульгарный, заносчивый, самоуверенный.

— Боже, она уже влюблена! — воскликнула Рен, воздевая руки к потолку.

— Да ни в одном глазу! Просто неуклюжий тип, которому я хотела помочь.

— Дело еще хуже, чем я думала, — сказала Рен, снова поднимая руки к небу.

— Бросьте вы!

— Не кричи, разбудишь Матильду.

— Между прочим, вы сами не перестаете твердить, что мне нужен кто-то в жизни.

— Дорогая моя, все еврейские мамаши твердят это своим детям, пока те не заведут семью. С того дня, когда дети познакомят матушку со своими избранниками, они поют ту же песню задом наперед.

— Но вы не еврейка, Рен!

— Ну и что?

Рен встала, достала из буфета металлическую банку и положила в серебряную чашу три сухаря. Софии было приказано сжевать без разговоров хотя бы один: Рен слишком намучилась, весь вечер ее дожидаясь!

— Садись и рассказывай! — велела Рен, снова опускаясь в кресло.

Она слушала Софию, не перебивая, пытаясь понять намерения человека, неоднократно пересекавшего ей дорогу. Пронзая Софию взглядом, она позволила ей договорить до конца и только тогда попросила у нее кусочек сухаря. Обычно она позволяла себе это лакомство только в конце трапезы, но необычные обстоятельства способствовали немедленному усвоению быстрых сахаров.

— Опиши-ка мне его еще раз, — попросила Рен, съев половинку песочного сухаря.

Софию забавляло поведение ее квартирной хозяйки. В такой поздний час ничего не стоило положить конец беседе и ретироваться, но она сочла предлог удачным для того, чтобы насладиться неповторимыми мгновениями, ласковым голосом. Отвечая на вопросы так искренно, как только могла, София поймала себя на том, что не находит для человека, с которым провела вечер, ни одного эпитета, разве что может назвать его верным собственной своеобразной логике.

Рен похлопала ее по колену.

— Эта встреча — не случайность. Ты в опасности, хотя сама этого еще не сознаешь. — Видя, что собеседница не совсем ее понимает, пожилая дама уселась поудобнее и продолжила: — Он уже проник в твои кровеносные сосуды и доберется до сердца. Он сорвет там чувства, которые ты так тщательно выращивала. Он будет кормить тебя надеждами. Любовное завоевание — самый эгоистичный из крестовых походов.

Семь дней творения

— По-моему, Рен, вы сильно заблуждаетесь.

— Нет, заблуждение — это то, что подстерегает тебя. Знаю, ты считаешь меня старой пустомелей, но ты сама скоро убедишься в моей правоте. Каждый день, каждый час ты будешь себя уверять, что твое сопротивление непреодолимо, ты будешь следить за своими манерами, за каждым своим словечком, однако желание его присутствия окажется сильнее наркотика. Так что не обманывай себя, это все, о чем я тебя прошу. Он поселится у тебя в голове, и ты заболеешь неизлечимым абстинентным синдромом. Не поможет ни разум, ни время — время вообще превратится в худшего твоего врага. Одна лишь мысль о том, чтобы его обрести, обрести таким, каким ты его воображаешь, позволит преодолеть худший из страхов — потерять его и саму себя. Это — труднейший выбор, к которому нас принуждает жизнь.

— Зачем вы все это мне говорите, Рен?

Рен рассматривала на полке корешок одного из своих альбомов. Глаза ее тосковали по прошлому.

— У меня за плечами долгая жизнь. Не делай ничего — или делай все. Не хитри и, главное, не иди на компромиссы...

София перебирала бахрому ковра. Нежно глядя на нее, Рен погладила ее по волосам.

— Выше голову! Иногда любовные истории завершаются хорошо. И довольно затертых слов! Я боюсь посмотреть на часы...

София тихо закрыла за собой дверь и поднялась наверх. Матильда спала ангельским сном.

МАРК ЛЕВИ

* * *

Два хрустальных бокала с коктейлем «Маргарита» мелодично соприкоснулись. Удобно устроившись на диване в своем роскошном гостиничном номере, Лукас священнодействовал, смешивая коктейли. Он считал себя непревзойденным мастером этого дела. Эми поднесла бокал к губам. Взгляд ее выражал согласие. Он поведал сладчайшим голосом, что ревнует к крупицам соли у нее на губах. Она разгрызла их и показала язычок, язык Лукаса коснулся губ Эми и отправился дальше, забираясь все глубже...

* * *

София не стала включать свет. Добравшись в темноте до окна, она приоткрыла раму, села на подоконник, устремила взгляд на кромку берега, омываемую морем. Ее легкие наполнились водяной пылью, принесенной дующим с океана ветром. В небе у нее над головой не было звезд.

И был вечер, и было утро...

ДЕНЬ ТРЕТИЙ

Лукас хотел натянуть на себя покрывало, но не нащупал его. Он приоткрыл один глаз, провел рукой по начавшей отрастать щетине на щеке. От сочетания табака и спиртного во рту остался мерзкий привкус. Будильник показывал 6:21. Рядом с собой он увидел пустую мятую подушку. Он встал и, в чем мать родила, побрел в гостиную. Эми, закутанная в покрывало, хрустела красным яблоком из корзины с фруктами.

— Я тебя разбудила? — спросила она.

— Можно сказать и так. Тут есть кофе?

— Я позволила себе заказать его в номер. Сейчас я приму душ и исчезну.

— Если тебя не затруднит, я бы предпочел, чтобы ты приняла душ у себя дома. Я страшно опаздываю!

Эми была ошеломлена услышанным. Она бросилась в спальню, за разбросанными где попало вещами. Поспешно одевшись, она схватила туфли и засеменила по коридорчику к двери. Лукас высунулся из ванной.

— Ты не дождешься кофе?

— Кофе я тоже попью у себя. Спасибо за яблоко.

— Не за что. Хочешь еще?

— Нет, мне и так хорошо. Всего доброго!

Она сняла цепочку с двери и повернула дверную ручку. Лукас подошел к ней.

— Можно задать тебе вопрос?

— Задавай.

— Какие твои любимые цветы?

— Лукас, у тебя бездна вкуса, только дурного. У тебя ловкие руки, я провела с тобой незабываемую ночь. На этом и закончим.

Выйдя, она столкнулась с коридорным, принесшим заказанный завтрак.

— Ты уверена, что не хочешь кофе? — спросил ее Лукас. — Его все равно уже принесли.

— Уверена!

— Будь умницей, ответь на вопрос про цветы!

Эми глубоко вздохнула. Ей было все труднее сохранить невозмутимость.

— Такие вещи не спрашивают у заинтересованного лица, это губит все удовольствие, неужели ты этого не знаешь, в твоем-то возрасте?

— Знаю, конечно, — ответил Лукас тоном надувшегося ребенка. — Но заинтересованное лицо — не ты!

Эми чуть не сбила с ног коридорного, терпеливо ждавшего у двери конца разговора. Из глубины коридора до слуха мужчин донеслось:

— Кактус! Можешь сам на него сесть!

Оба молча проводили ее взглядом. Звонок оповестил о приехавшем лифте. Прежде чем его дверцы снова закрылись, Эми успела крикнуть:

— И еще, Лукас, ты совершенно голый!

Семь дней творения

— Ты всю ночь не смыкала глаз.

— Я всегда мало сплю...

— Чем ты взволнована, София?

— Ничем!

— Подруга умеет слышать даже невысказанное.

— У меня завал работы, Матильда, даже не знаю, с чего начинать. Я боюсь, что не справлюсь, что не оправдаю ожиданий...

— Первый раз вижу тебя неуверенной в себе.

— Значит, мы становимся настоящими подругами.

София пошла на кухню — вернее, шагнула в угол, служивший для кухонных целей, налила там воды в электрический чайник. Со своей кровати у окна гостиной Матильда наблюдала, как светает. Утро выдалось дождливым, небо затянули тоскливые тучи.

— Ненавижу октябрь, — сказала она.

— Чем он перед тобой провинился?

— Этот месяц хоронит лето. Осенью все идет на убыль: сокращается день, прячется солнце. Никак не наступят холода, мы смотрим на свои свитера, но еще не можем их надеть. Осень — гадкое, ленивое время года, сырость, дождь и еще раз дождь!

— Непонятно, кто не выспался: я или ты!

Чайник завибрировал, щелкнул и успокоился. София открыла железную банку, взяла пакетик чая «Эрл Грей», налила в большую чашку кипяток и оставила чай настаиваться. Она собрала на подносе завтрак для Матильды, подняла с пола и отдала подруге газету, которую каждое утро совала ей под дверь Рен. Потом помогла подруге принять сидячее положение, взбила подушки и ушла к себе. Матильда подняла оконную раму. От всепроникающей влажности у нее сильно заболела нога, и она поморщилась.

— Вчера вечером я видела мужчину, приславшего водяную лилию! — прокричала из ванной София.

— Вы уже не расстаетесь! — крикнула Матильда что было мочи ей в ответ.

— Брось! Просто он ужинал в том же ресторане, что и я.

— С кем?

— С блондинкой.

— Какого сорта?

— Блондинистой!

— Это все?

— Называется: «Догони, поймать меня нетрудно, у меня высоченные каблуки!»

— Вы разговаривали?

— Если это можно назвать разговором. Он утверждал, что она журналистка, берет у него интервью.

София встала под душ. Сначала полагалось отвернуть старые скрежещущие краны, потом стукнуть по рассекателю. Труба чихнула и окатила ее водой.

Внимание Матильды привлекла фотография в «Сан-Франциско Кроникл».

— А он не соврал! — крикнула она.

София, не пожалевшая для волос шампуня, открыла глаза. Попытка не позволить шампуню попасть в глаза дала противоположный результат: глаза отчаянно защипало.

— Вообще-то она, скорее, шатенка, — не унималась Матильда. — И недурна собой!

Шум душа стих, София влетела в гостиную с полотенцем на бедрах и с намыленной головой.

СЕМЬ ДНЕЙ ТВОРЕНИЯ

— Что ты болтаешь?

Матильда оценивающе оглядела подругу.

— Какая у тебя красивая грудь!

— Святое всегда красиво[*].

— Вот и я твержу это себе по утрам перед зеркалом...

— Ты о чем говоришь, Матильда?

— О твоих сиськах! Хотелось бы мне, чтобы мои так же торчали!

София целомудренно загородила грудь локтем.

— Нет, о чем ты говорила перед этим?

— Наверное, о том, что выгнало тебя мокрую из-под душа! — сказала Матильда, размахивая газетой.

— Как они умудрились так быстро напечатать статью?

— Цифровые технологии, Интернет! Даешь интервью — и уже через несколько часов красуешься на первой странице газеты. На следующий день в тебя благополучно заворачивают рыбу.

София попыталась завладеть газетой, но Матильда отказалась с ней расставаться.

— Не трогай, с тебя течет!

Матильда приступила к громкому чтению статьи на две колонки, называвшейся «Взлет «Эй-энд-Эйч». Это был настоящий панегирик Эду Херту: в тридцати строках автор курила фимиам карьере человека, которому регион обязан своим могучим экономическим

---

[*] Игра слов: по-французски слова «seins» («женские груди») и «saints» («святые») звучат одинаково (*прим. перев.*).

113

скачком последнего времени. В конце говорилось о
том, что крохотная фирма, родившаяся в 50-х годах,
превратилась в группу-гигант, которую Херт уверенно
держит на своих плечах.

Наконец София отняла у Матильды газету и сама дочитала статью, вверху которой помещалась маленькая цветная фотография. Под текстом стояло
имя автора: Эми Стивен. София сложила газету и не
удержалась от улыбки.

— Все-таки блондинка! — сказала она.

— Вы с ним еще увидитесь?

— Он пригласил меня на обед.

— Когда?

— Во вторник.

— Когда во вторник?

София ответила, что Лукас заедет за ней в полдень. Матильда показала пальцем на дверь ванной и
покачала головой.

— Значит, через два часа.

— Сегодня вторник? — спросила София, торопливо собирая свои вещи.

— Так написано в газете!

Через несколько минут София пулей вылетела из
гардеробной в джинсах и в свитере крупной вязки.
Всем своим видом она требовала от подруги одобрения.
Матильда окинула ее взглядом и вернулась к газете.

— Что-то не так? Несовпадение цветов? Джинсы
не годятся?

— Сначала вытри волосы, потом поговорим, — отрезала Матильда, листая телевизионную программу.

София повертелась перед зеркалом, потом сняла
свитер и с понурым видом вернулась в ванную.

Семь дней творения

— Никогда не видела, чтобы тебя так занимали тряпки... И ты еще будешь мне рассказывать, что он тебе не нравится, что он не в твоем вкусе, слишком «унылый» и все такое прочее? Посмотрим, как у тебя хватит на это совести!

В дверь робко постучали, следом за стуком перед подругами предстала Рен. В руках у нее была корзина со свежими овощами и перевязанная кокетливой ленточкой коробка с деликатесами.

— Непонятно, как будет выглядеть сегодня погода, — заявила Рен, выкладывая в тарелку гостинцы.

— И не только погода! — подхватила Матильда.

Рен оглянулась на Софию, вышедшую из ванной с красивой прической. Та застегнула брюки и завязала на полукедах шнурки.

— Ты куда-то идешь? — спросила ее Рен.

— Я приглашена на обед, — ответила София, целуя хозяйку в щеку.

— А я развлеку Матильду. Если она, конечно, не против! Но даже если ей со мной скучно, мне все равно, одной внизу мне еще скучнее.

С улицы донеслись гудки. Матильда потянулась к окну.

— Это он? — спросила София, оставшись в глубине комнаты.

— Нет, это служба доставки «Федерал Экспресс»! У нее новый рабочий транспорт — «Порше»-кабриолеты. На них теперь работает Том Хэнкс, так что они еще не такое могут себе позволить!*

* Намек на фильм 2000 г. «Изгой» — откровенную рекламу «Федерал Экспресс» (*прим. перев.*).

В дверь дважды позвонили. София обняла Рен и Матильду и сбежала по лестнице вниз.

Сидевший за рулем Лукас снял темные очки и поприветствовал ее широкой улыбкой. Не успела София хлопнуть дверцей, как автомобиль устремился в сторону Пасифик Хейтс. Промчавшись по парку Президио, они свернули на дорогу, ведущую к «Золотым воротам». На противоположной стороне залива выступали из тумана холмы Тибарон.

— Обед на морском берегу! — гаркнул Лукас, перекрикивая ветер. — Лучшие крабы в округе! Вы ведь любите крабов?

София кивнула из вежливости. Когда вообще ничего не ешь, выбор еды не вызывает затруднений.

Воздух был теплый, асфальт разматывался под колесами гладкой лентой, поездку сопровождала приятная музыка. Казалось бы, счастливый момент, глупо им не воспользоваться... Машина съехала со скоростной трассы на прилегающую и скоро остановилась в рыбацком порту Сосалито, на стоянке напротив пирса. Лукас обошел машину и распахнул для Софии дверцу.

— Прошу!

Он подал ей руку и помог выйти. Они зашагали по тротуару вдоль моря. Шедший по другой стороне мужчина выгуливал на поводке роскошного золотистого ретривера. Мужчина так засмотрелся на Софию, что налетел на уличный фонарь и шлепнулся на асфальт. София хотела броситься ему на помощь, но Лукас ее удержал, сказав, что для этого у бедняги есть настоящая собака-спасатель.

Женщина-метрдотель захватила два меню и проводила их на террасу. Лукас усадил Софию на банкетку, лицом к морю, заказал игристое белое вино. Она отломила кусочек хлеба, чтобы бросить его чайке, сидевшей на перилах и не сводившей с нее глаз. Птица поймала хлеб на лету и взмыла в небо. Казалось, ей нужно всего несколько взмахов крыльев, чтобы оказаться по другую сторону залива.

В нескольких километрах, на другом берегу, по пристани прогуливался Джуэлс. Ловко поддетый носком его башмака камешек семь раз подпрыгнул на воде, прежде чем кануть в глубину. Джуэлс поглубже засунул руки в карманы старых твидовых штанов и стал вглядываться в противоположный берег. Вид у него был не менее встревоженный, чем у моря, настроение и того хуже. От размышлений его отвлекла машина инспектора Пильгеса, устремившаяся от «Рыбацкой закусочной» в город с включенной на полную катушку сиреной. Очередная драка в Чайнатауне грозила перерасти в бунт, и к месту событий вызвали все патрули и экипажи. Джуэлс нахмурился, поворчал себе под нос и вернулся под арку. Там, усевшись на деревянный ящик, он погрузился в размышления: что-то не давало ему покоя. Газетный лист, принесенный ветром, оказался в луже прямо перед ним. Лист намок, и постепенно Джуэлс смог рассмотреть фотографию Лукаса на обратной стороне. По спине у него пробежал противный холодок.

* * *

Официантка поставила на столик горячую миску с клешнями крабов. Лукас наполнил тарелку Софии, покосился на матерчатые манишки, поданные вместе с мисочкой для споласкивания пальцев. София отказалась повязываться, он тоже.

— Не знаю, кому к лицу эти нагрудники... Вы не едите?

— Боюсь, что нет, — призналась София.

— Вы вегетарианка!

— Поедать живых тварей всегда казалось мне непорядочным.

— Ничего особенно, это в порядке вещей.

— Все-таки что-то здесь не так...

— Все обитатели земли едят друг друга, чтобы выжить.

— Пусть так, но крабы не сделали мне ничего дурного. Мне очень жаль. — И она вежливо отодвинула тарелку, вид которой, судя по всему, вызывал у нее тошноту.

— Вы ошибаетесь, это закон природы. Если бы пауки не питались насекомыми, то насекомые сами бы их пожрали.

— Вот именно: крабы — все равно, что большие пауки, лучше оставить их в покое!

Лукас обернулся и подозвал официантку, чтобы попросить десертное меню и в чрезвычайно вежливой манере сообщить, что с горячим они закончили.

— Я не должна мешать вам есть, — сказала София, краснея.

— Вы превратили меня в своего соратника по борьбе за права ракообразных!

Он развернул десертное меню и ткнул пальцем в красочное изображение шоколадного мусса.

— Вот этим мы навредим разве что самим себе. Лучше не считать калории: со счету собьетесь!

Софии не терпелось проверить, правильно ли она угадала в Лукасе ангела-контролера. Но он уклонился от ответа на вопрос, в чем заключаются его истинные обязанности. Хватало других, более интересных тем, которые ему хотелось с ней обсудить. Хотя бы такая: чем еще в жизни она занята, помимо соблюдения безопасности в торговом порту? Чему посвящает свое свободное время? София ответила, что «свободного времени» у нее нет: отработав в доках, она помогает различным ассоциациям, преподает слабовидящим, занимается престарелыми и детьми на больничной койке. Ей нравится их общество, между ними существует какое-то волшебное единство... Только дети и старики видят то, чего не замечает большинство людей: состояние «взрослости» — потерянное время! Для нее старческие морщины — это красивейшие письмена жизни, по которым дети учатся читать свои мечты.

Лукас смотрел на нее в восхищении.

— Вы действительно все это делаете?

— Да.

— Зачем?!

София не ответила. Лукас допил свой кофе и заказал еще, хотя ни на минуту не забывал о мансрах. Вторую чашку он пил невыносимо медленно, пусть кофе успел совсем остыть, пусть на улице уже сгущались сумерки. Ему хотелось, чтобы этот разговор не кончался: только не сейчас! Он предложил Софии пройтись по берегу. Она поправила ворот свитера и поднялась. Спасибо ему за сладкое: она впервые попробовала шоколад и оценила его непередаваемый вкус. Лукас решил, что она над ним издевается, и поделился с ней своим подозрением; впрочем, ее радостное выражение свидетельствовало, что она не шутит. Хуже того, его оконча-

тельно сбило с толку то, что он прочитал сейчас во
взгляде Софии: не приходилось сомневаться, что она вообще никогда не говорит неправду! Впервые его посетило подозрение, и он замер с разинутым ртом.

— Не знаю, что я такого ляпнула, но пауков
вокруг незаметно, так что вы сильно рискуете.

— Простите?

— Если так и останетесь с открытым ртом, то
проглотите муху!

— Вам не холодно? — осведомился Лукас, резко
выпрямляясь.

— Как будто нет, но лучше не стоять на месте.

Песчаный пляж был почти пуст. Огромная чайка
бежала по воде, пытаясь взлететь, и взбивала лапами
пену на гребнях волн. Наконец взлет состоялся, птица заложила медленный вираж и лениво удалилась в
луче света, пронзающем облачный покров. Хлопки ее
крыльев смешались с шумом прибоя. София подняла
плечи, борясь с порывами ветра, швырявшимися пес-
ком. Лукас снял пиджак и галантно набросил его ей
на плечи. Мокрый воздух хлестал ее по щекам. Она
широко улыбалась, словно сопротивляясь из последних сил приступу беспричинного смеха.

— Что вас рассмешило? — спросил Лукас.

— Понятия не имею!

— Все равно смейтесь, это вам очень идет.

— Смех всем идет.

Начался мелкий дождик, пляж сразу покрылся
несчетными мелкими кратерами.

— Смотрите! — крикнула она. — Прямо как на
Луне, правда?

СЕМЬ ДНЕЙ ТВОРЕНИЯ

— Вроде того...

— Что это вы погрустнели?

— Мне бы хотелось, чтобы время остановилось.

София опустила глаза и прибавила шаг.

Лукас забежал вперед и стал пятиться, чтобы оставаться с ней лицом к лицу. София старалась ступать в его следы в песке.

— Я не знаю, как говорить такие вещи, — признался он с видом ребенка.

— Тогда ничего не говорите.

Ветер трепал Софии волосы, они задевали ему лицо. Она отбросила их назад. Тонкая прядь зацепилась за ее длинные ресницы.

— Можно? — Он протянул руку.

— Странно, что это вы вдруг заробели?

— Это происходит помимо меня.

— Не боритесь с робостью, она вам очень идет.

Лукас подошел к Софии вплотную, и у обоих изменились лица. Она ощутила глубоко в груди нечто, над чем не имела власти: *биение, трепет, отдававшиеся в висках.* Пальцы Лукаса дрожали, суля робкую ласку. Потом они скользнули по щеке Софии...

— Вот, — вымолвил он, отводя глаза.

В нахмуренном небе блеснула вспышка, грянул гром, на них обрушился ливень.

— Мне бы хотелось увидеться с вами опять, — сказал Лукас

— Мне тоже. Только не в ливень, — ответила София.

Он схватил Софию за плечо и поволок ее обратно к ресторану. На белой дощатой террасе никого не осталось. Спрятавшись от ливня под крытым шифером козырьком, они уставились на несущийся по сточному желобу поток воды. Бесстрашная чайка сидела на перилах, не обращая внимания на ливень, и следила за парочкой. София потянулась к ближнему столику, схватила кусочек намокшего хлеба, скомкала его и бросила чайке. Та заранее взлетела и поймала угощение уже в воздухе.

— Как мне вас теперь увидеть? — спросил Лукас.

— Из какой Вселенной вы явились?

Он помялся.

— Скорее, из ада.

София тоже помялась, внимательно на него посмотрела и с улыбкой проговорила:

— Так часто говорят жители Манхэттена, когда оказываются здесь.

В разыгравшуюся грозу им уже приходилось не разговаривать, а перекрикиваться. София взяла Лукаса за руку и сказала неожиданно тихо:

— Для начала вы мне позвоните, справитесь, как я поживаю, в разговоре предложите встречу. Я вам отвечу, что у меня работа, что я занята, вы предложите другой день, и я скажу, что это другое дело, я как раз отменила одну встречу...

Почерневшее небо прочеркнула новая молния. На пляже ветер уже походил на шквал. Казалось, сейчас наступит конец света.

— Не хотите укрыться от стихии? — спросила София Лукаса.

— Как вы поживаете? — проговорил Лукас невпопад.

— Хорошо, а что? — удивленно отозвалась она.

— Мне бы хотелось провести с вами и вторую половину дня... но вы заняты, у вас работа, уйма дел. Может, мы поужинаем сегодня вечером?

София улыбнулась. Он распахнул плащ, чтобы защитить ее от дождя, и так довел до машины. Волны уже захлестывали безлюдный тротуар, но при помощи Лукаса она преодолела потоп. Ветер долго не давал ему открыть дверцу машины. Но стоило им оказаться в уютном укрытии салона, как ливень стал еле слышен, стук струй по крыше был почти успокаивающим. Лукас довез Софию до авторемонтной мастерской, как она просила. Прежде чем отъехать, он посмотрел на часы. Она наклонилась к его окну.

— У меня сегодня вечером намечался ужин, но я попробую его отменить. Я позвоню вам на мобильный.

Он с улыбкой тронулся с места. София провожала машину взглядом, пока она не исчезла в потоке на авеню Ван Несс.

София оплатила буксировку своего автомобиля и зарядку аккумулятора. Когда она выкатила на Бродвей, гроза уже кончилась. Из тоннеля она въехала прямиком в злачный квартал. На пешеходном переходе ей в глаза бросился карманник, облюбовавший себе жертву. Она затормозила, выскочила из машины и бросилась за ним.

Ее окрик не испугал воришку, наоборот, он попытался припугнуть ее саму.

— Не вздумай! — сказала ему София, указывая на ничего не подозревающую женщину с атташе-кейсом.

— Ты что, из полиции?

— Дело не в этом!

— Тогда не лезь не в свое дело, дура!

И он бросился вдогонку за женщиной. Он уже настигал ее, когда вдруг подвернул ногу и растянулся на асфальте. Женщина, ничего не подозревая, села в трамвай. София дождалась, чтобы неудачливый воришка встал, и вернулась к своей машине.

Открывая дверцу, она кусала нижнюю губу, недовольная собой. Все получилось не так, как надо: цель была достигнута, но не простым урезониванием злоумышленника. Она тронулась с места и поехала в порт.

* * *

— Поставить вашу машину, сэр?

Лукас вздрогнул и поднял голову. Работник стоянки как-то странно на него смотрел.

— Почему вы так на меня смотрите?

— Вы уже пять минут сидите неподвижно в своей машине, вот я и подумал...

— Что вы подумали?

— Что вам нездоровится. А уж когда вы положили голову на руль...

— Гоните лишние мысли, так вы избежите многих разочарований!

Лукас вышел из своего «купе» и бросил молодому служащему ключи. Когда открылись двери лифта, он столкнулся нос к носу с Элизабет. Та буквально налегла на него, спеша поздороваться. Лукас отшатнулся.

— Вы уже приветствовали меня сегодня утром, — сказал он ей, кривясь.

— Вы не ошиблись насчет улиток: они восхитительны! Успехов!

CEMЬ ДНЕЙ ТВОРЕНИЯ

Двери кабины раскрылись на девятом этаже, и она исчезла в коридоре.

Эд встретил Лукаса с распростертыми объятиями.

— Встреча с вами, дорогой Лукас, — огромная удача!

— Можно сказать и так, — согласился Лукас, закрывая дверь кабинета. Подойдя к вице-президенту, он опустился в кресло. Херт держал в руках «Сан-Франциско Кроникл».

— Вместе мы свернем горы!

— Не сомневаюсь.

— Вы неважно выглядите.

Лукас вздохнул. Эд почувствовал его раздражение, поэтому еще раз радостно помахал газетой со статьей Эми.

— Потрясающая статья! У меня самого не получилось бы лучше.

— Она уже напечатана?

— Сегодня утром! Так и было обещано. Эми — прелесть, не правда ли? Наверное, всю ночь над ней трудилась...

— Что-то в этом роде.

Эд ткнул пальцем в фотографию Лукаса.

— Я болван, что не передал вам свою фотографию перед встречей. Ничего, ваша тоже хороша.

— Спасибо.

— Вы уверены, что с вами все в порядке, Лукас?

— Да, господин президент, я чувствую себя отлично.

— Может быть, чутье меня обманывает, но у вас какой-то странный вид...

Эд налил в стакан воды из хрустального графина и добавил с наигранным сочувствием:

— Если у вас проблемы, пусть сугубо личного свойства, всегда можете мне довериться. Мы — большая компания, но прежде всего — большая семья!

— Вы хотели меня видеть, господин президент?

— Называйте меня Эд.

Херт с восторгом поведал об ужине накануне, превзошедшем все его ожидания. Он уже сообщил сотрудникам о своем намерении учредить в компании новый отдел под названием «группа инноваций». Целью группы будет проведение небывалых коммерческих мероприятий по завоеванию новых рынков. Эд сам ее возглавит, этот опыт будет для него, как курс омоложения. Что-то он засиделся без живого дела! Уже сейчас многие его заместители поспешно сколачивают новую гвардию приближенных будущего президента... «Иуда никогда не состарится, — думал, слушая его, Лукас. — Встречается и коллективный Иуда...» Закончил Херт словами, что небольшая конкурентная борьба с партнером не повредит, наоборот, глоток кислорода всегда полезен..

— Вы разделяете мое мнение, Лукас?

— Полностью разделяю! — ответил Лукас, кивая.

Лукас торжествовал: замыслы Херта шли даже дальше его надежд и предвещали успех его проекта. В доме 666 на Маркет-стрит воздух власти скоро станет разряженным... Лукас и Херт заговорили о реакции Антонио: более чем вероятно, что совладелец воспротивится новым веяниям. Создать новый отдел можно одним хлопком ладоней, но крупная операция — дело нелегкое, требующая много времени, напомнил Херт. Он уже грезил о престижном рынке, который узаконил бы власть, которую он замыслил присвоить.

СЕМЬ ДНЕЙ ТВОРЕНИЯ

Лукас встал и положил на стол папку, с которой явился. Открыв ее, он извлек толстый документ.

Портовая зона Сан-Франциско простиралась на много километров, по всему восточному берегу города. В ней происходили непрерывные перемены. Доки продолжали жить — к большому огорчению заправил компаний недвижимости, которые вели бои за развитие развлекательного порта и перерождение прибрежной территории, самого лакомого кусочка города. Маленькие парусники вставали на якорь в небольшом курортном комплексе, и это было победой тех же самых подрядчиков, теперь сумевших перенести поле битвы немного дальше на север. Они вели яростные бои за право застройки этого жилого района, дома у воды ценились на вес золота. Еще дальше выросли огромные терминалы, принимавшие пассажирские суда. Выгружаемые ими толпы текли по недавно сооруженному променаду к пристани № 39. В туристической зоне появились несчетные торговые точки и рестораны. Многогранная коммерческая деятельность на берегу приносила колоссальные доходы и порождала серьезные столкновения интересов. Вот уже десять лет главы службы недвижимости в портовой зоне менялись каждые пятнадцать месяцев, что свидетельствовало о непрекращающейся войне интересов вокруг приобретения и эксплуатации объектов в береговой полосе...

— Куда вы клоните? — не выдержал Эд.

Лукас хитро улыбнулся и развернул лист со схемой. Схема была озаглавлена: «Порт Сан-Франциско, док 80».

— В атаку на последний бастион!

Вице-президент возжелал трона — Лукас предлагал ему короноваться.

Он сел и углубился в подробности своего проекта. Положение в доках напряженное. Работа там по-прежнему тяжела и часто опасна, докеры — народ вспыльчивый. Забастовка может распространиться там быстрее вирусной заразы. Лукас уже сделал все необходимое для усугубления взрывной обстановки.

— Не пойму, какой от этого толк для нас, — проговорил Эд с зевком.

Лукас ответил с равнодушным видом:

— Пока складские и транспортные предприятия платят зарплаты и аренду, никто не смеет попросить их с насиженного места. Но положение может быстро измениться. Достаточно будет нового паралича в их деятельности.

— Дирекция порта никогда не пойдет в эту сторону. Мы столкнемся с мощным сопротивлением.

— Это зависит от влиятельных сторонников и противников, — сказал Лукас.

— Возможно... — протянул Херт, качая головой. — Для проекта такого размаха нам потребуется поддержка на самом верху.

— Вам не надо объяснять, что такое лоббирование, как дергать за ниточки! Очередного директора службы недвижимости порта вот-вот опять уволят. Уверен, что его заинтересует премия по случаю ухода.

— Не понимаю, о чем вы говорите!

— Вы ведь тонкий знаток состава клея, который применяют для заклейки конвертов, передаваемых под столом, Эд.

Семь дней творения

Вице-президент выпрямился в кресле, не зная, как отнестись к этой реплике. Лукас уже направился к двери, но по пути обернулся.

— В синей папке вы найдете подробные сведения о нашем кандидате в богатые отставники. Он проводит выходные на озере Тахо, но не вылезает из долгов. Постарайтесь как можно быстрее устроить мне встречу с ним. Главное — найти место для конфиденциальной беседы. Остальное я беру на себя.

Херт нервно рылся в оставленных на его столе бумагах. Бросив ошеломленный взгляд на Лукаса, он нахмурил лоб.

— В Нью-Йорке вы занимались политикой?

Дверь закрылась.

Лукас застал лифт на площадке, но отпустил его пустым. Достав мобильный телефон, он включил его и набрал номер голосовой почты. «Новых сообщений нет», — дважды повторил бесстрастный механический голос. Тогда он нашел в меню конвертик текстовых сообщений, но и этот ящик оказался пустым. Он выключил телефон и шагнул в снова подошедший лифт. Выходя на стоянку, он вынужден был сознаться самому себе, что его тревожит нечто не поддающееся определению: *биение, трепет глубоко в груди, отдававшиеся в висках.*

*   *   *

Консилиум тянулся уже больше двух часов. Последствия падения Гомеса в трюм «Вальпараисо» становились опасными. Бедняга все еще находился в реанимации. Манча то и дело звонил в больницу и справлялся о его состоянии, но врачи тянули с диагнозом. Если трюмный грузчик не выживет, то никто уже не сумеет сдержать гнев, нарастающий в грузовом порту. На собрание приехал босс профсоюза западного побережья. Когда он встал, чтобы налить себе кофе, София воспользовалась моментом, дабы незаметно выскользнуть из комнаты. Выйдя из подъезда, она отошла на несколько шагов и, нырнув за контейнер, набрала номер. Приветствие автоответчика было коротким: одно словечко «Лукас». За ним последовал гудок, приглашавший высказаться.

— Это София, сегодня вечером я свободна, позвоните и скажите, как мы встретимся. Пока!

Договорив, она посмотрела на свой мобильный телефон и, сама не зная почему, расплылась в улыбке.

В конце рабочего дня собравшиеся приняли единодушное решение: им потребуется дополнительное время, чтобы во всем разобраться. Комиссия по расследованию опубликует свое заключение о причине несчастья только поздно вечером. В больнице тоже ждали утреннего медицинского заключения, чтобы определить шансы на выживание докера. Заседание было прервано и перенесено на завтра. Манче велели собрать членов бюро сразу по получении обоих заключений; затем должно было состояться общее собрание.

Софии хотелось на свежий воздух. Она вышла прогуляться на пристань. Неподалеку покачивалась на швартовах ржавая посудина под названием «Вальпараисо». Казалось, это злобный пес, посаженный на цепь. Корпус корабля отбрасывал на неспокойное море широкую тень. По судну сновали фигурки в форме: его подвергли тщательной проверке. С капитанского мостика за инспекторами наблюдал облокотившийся на ограждение капитан. Судя по тому, с каким видом он бросил в воду сигарету, предстоящие часы обещали быть еще тревожнее, чем море, поглотившее окурок. Одиночество Софии, нарушаемое только криками чаек, прервал голос Джуэлса:

— Надеюсь, тебе не взбредет в голову нырнуть?

София обернулась и окинула его ласковым взглядом. Его синие глаза слезились, борода была растрепана, одежда больше напоминала лохмотья, однако все это не делало его менее внушительным. Его словно окружала аура внутреннего изящества. Он не вынимал рук из карманов клетчатых твидовых штанов.

— Как тебе мой наряд? Он знавал лучшие времена.

— Что нога?

— По крайней мере, остается рядышком с другой ногой, что уже неплохо.

— Вы были на перевязке?

— Лучше скажи, как твои дела.

— Голова побаливает. Это собрание никак не кончится.

— Сердце тоже, наверное, не на месте?

— Нет, с какой стати?

— В последнее время ты появляешься здесь в часы, когда при всем желании нельзя принимать солнечные ванны.

— Я в порядке, Джуэлс. Просто захотелось подышать свежим воздухом.

— Ох, как он здесь свеж! Одна гнилая рыба чего стоит! Но я с тобой не спорю: ты в полном порядке.

Люди, лазившие по кораблю с проверкой, спустились вниз по трапу, сели в два черных «Форда» (их дверцы захлопнулись совершенно бесшумно) и медленно поехали к воротам портовой зоны.

— Если ты собиралась взять завтра отгул, лучше забудь: боюсь, денек будет тяжелее обычного.

— Я тоже этого боюсь.

— Так о чем мы говорили? — спохватился Джуэлс.

— О том, что вам пора на перевязку. Стойте здесь, я сейчас к вам подъеду.

Не дав ему времени на спор, она убежала.

— Не умеет обманывать! — пробормотал Джуэлс в бороду.

Вернув Джуэлса на пристань, София поехала к себе домой. Она вела машину одной рукой, другой ища мобильник. Видимо, телефон завалился на дно большой сумки, иначе она его уже нашарила бы... Красный сигнал светофора заставил ее остановиться. Она воспользовалась этим, что порыться в свалке на кресле справа и выудить оттуда телефон.

Лукас оставил сообщение: в половине восьмого он заедет за ней домой. Она посмотрела на часы: в ее распоряжении оставалось ровно сорок семь минут, чтобы успеть обнять Матильду и Рен и переодеться. Один раз можно позволить себе злоупотребление... Она достала из «бардачка» синюю мигалку, поставила ее на приборную доску, к лобовому стеклу, включила сирену и понеслась по Третьей авеню.

* * *

Лукас собирался покинуть свой кабинет. Он снял с вешалки плащ, погасил свет. За оконным стеклом раскинулся черно-белый город. Он уже закрывал дверь, когда зазвонил телефон. Лукас вернулся и снял трубку. Эд сообщал, что запланированная встреча начнется ровно в половине восьмого вечера. В темноте Лукас нацарапал на клочке бумаги адрес.

— Я вам позвоню, как только найду с собеседником общий язык.

Лукас бесцеремонно повесил трубку и подошел к окну. Внизу разбегались в разные стороны улицы. При взгляде с высоты передние и задние габаритные огни машин свивались в желтые и красные нити плетущейся в темноте паутины. Лукас прижался лбом к стеклу. В центре круга испарины, образовавшейся от его дыхания, трепетала синяя точка. Сигнальная «мигалка» удалялась в сторону Пасифик Хейтс. Лукас со вздохом засунул руки в карманы плаща и вышел из кабинета.

* * *

София выключила сирену и убрала под кресло «мигалку». Перед домом было свободное местечко, где она поспешила поставить машину. Перепрыгивая через ступеньки, она влетела в свое жилище.

— За тобой гонится толпа? — спросила Матильда.

— Что?..

— Что ты так запыхалась? Посмотри на себя!

— Мне надо подготовиться, я ужасно опаздываю. Как прошел день?

— Перед обедом я бегала наперегонки с Карлом Льюисом. Где ему за мной угнаться!

— Сильно скучала?

— По твоей улице проехало шестьдесят четыре машины, из них девятнадцать зеленых.

София села у нее в ногах.

— Завтра я постараюсь вернуться раньше.

Матильда покосилась на часы и покачала головой.

— Не хочу встревать в то, что меня не касается.

— Сегодня вечером я ухожу, но вернусь не поздно. Если ты не уснешь, можно будет поболтать, — сказала София, вставая.

— Кто будет болтать — ты или я? — пробормотала Матильда, глядя, как подруга исчезает за дверцей гардероба.

Через десять минут София снова была в гостиной с одним полотенцем на мокрой голове, другим — на влажных бедрах. Схватив матерчатую косметичку, она прильнула к зеркалу.

— Ужин с кавалером? — осведомилась Матильда.

— Он звонил?!

— Еще чего!

— Тогда откуда ты знаешь?

— Знаю, и все.

София обернулась, уперла руки в бока и задиристо посмотрела на Матильду.

— Сама догадалась, что у меня ужин с Лукасом?

— Если я не ошибаюсь, в правой руке у тебя тушь, в левой — кисточка для румян.

— Не вижу связи.

— Хочешь, подскажу? — насмешливо спросила Матильда.

— Сделай милость! — В голосе Софии слышалось раздражение.

— Уже больше двух лет ты — моя лучшая подруга...

София склонила голову набок. Матильда широко улыбнулась.

СЕМЬ ДНЕЙ ТВОРЕНИЯ

— ...но я впервые вижу, чтобы ты красилась!

София молча повернулась к зеркалу. Матильда с безразличным видом взяла программу телепередач и в шестой раз за день принялась ее изучать.

— У нас нет телевизора, — предупредила ее София, беря кончиком пальца чуть-чуть блеска для губ.

— Тем лучше. Терпеть не могу телевидение! — ответила Матильда, но с программой не рассталась.

В парусиновой сумке Софии, оставшейся на кровати Матильды, заверещал мобильный телефон.

— Хочешь, я отвечу? — предложила Матильда невинным голоском.

София сама бросилась к своей сумке и запустила в нее руку. Нашарив телефон, она ушла с ним в дальний угол комнаты.

— Значит, не хочешь. — С этими словами Матильда стала штудировать программу на завтра.

Лукас сказал, что чрезвычайно сожалеет, но ему пришлось задержаться, поэтому заехать за ней он не сможет. Столик заказан на половину девятого на последнем этаже здания «Бэнк оф Америка» на Калифорния-стрит, в парящем над городом роскошном ресторане с великолепным видом на мост «Золотые ворота». Софии предлагалось встретиться прямо там.

После разговора она ушла в кухонный отсек и открыла холодильник. Оттуда, как из пещеры, до Матильды донесся голос подруги:

— Чего тебе больше хочется? У меня появилось время, чтобы приготовить тебе ужин.

— Омлет, салат, йогурт.

Чуть позже София взяла из шкафа плащ, обняла Матильду и аккуратно закрыла за собой дверь.

MAPK ЛЕВИ

Прежде чем тронуться с места, она опустила противосолнечный щиток и несколько секунд изучала свое отражение в зеркальце. Потом в задумчивости подняла стекло и повернула ключ в замке зажигания «Форда». Когда машина свернула за угол, в окне Рен опустились жалюзи.

София оставила машину у стоянки и поблагодарила молодого служащего в красной ливрее за жетон.

— Хотелось бы мне быть вашим партнером за сегодняшним ужином! — признался парень.

— Большое спасибо! — пробормотала она, вспыхнув от смущения и удовольствия.

Вращающаяся дверь переправила Софию в холл. После закрытия офисов для публики оставались открыты только бар на первом этаже и панорамный ресторан на последнем. Она решительным шагом направилась к лифту, ощущая во рту незнакомую прежде сухость. Впервые София испытывала жажду. Она посмотрела на часы: у нее в запасе было еще десять минут. Увидев за витриной кафе заманчивое мерцание барной стойки, она изменила направление. Она уже собиралась войти, когда узнала профиль Лукаса, увлеченного беседой с главой портовых служб недвижимости. Она испуганно попятилась и вернулась к лифту.

Чуть позже метрдотель подвел Лукаса к столику, за которым его дожидалась София. Она встала, он поцеловал ей руку и предложил сесть так, чтобы ей открывался самый лучший вид.

За ужином Лукас засыпал Софию вопросами, она отвечала тысячью своих. Он отдавал должное лакомствам, она ни к чему не притрагивалась, аккуратно

136

отодвигая тарелки. Когда официант прерывал их разговор, им казалось, что перерыву не будет конца. При приближении официанта с метелкой для сметания крошек, похожей на зазубренный серп, Лукас поспешно сел рядом с Софией и сильно дунул на скатерть.

— Вот я и навел чистоту. Можете не беспокоиться, большое спасибо, — бросил он официанту.

Беседа возобновилась. Лукас закинул руку на спинку банкетки, София почувствовала затылком тепло его руки.

Официант появился снова, вызвав у Лукаса негодование: он положил перед ними ложки и поставил на столик шоколадный мусс. Ловко крутанув тарелку, демонстрируя клиентам всю прелесть десерта, официант выпрямился и гордо произнес его название.

— Правильно сделали, что уточнили, — не выдержал Лукас. — Вдруг мы бы спутали мусс с морковным суфле?

Официант с достоинством удалился. Лукас наклонился к Софии.

— Вы ничего не ели!

— Я очень мало ем, — ответила она, опуская голову.

— Доставьте мне удовольствие, попробуйте хотя бы это! Райский вкус, пальчики оближете!

Он не оставил ей выбора: зачерпнул горячего мусса, поднес ложку к ее рту и оставил горячее кушанье у нее на языке. Трепет в груди у Софии стал еще сильнее, и она со страхом уставилась Лукасу в глаза.

— Одновременно горячо и холодно, — сообщила она. — Вкусно!

МАРК ЛЕВИ

Поднос в руках у сомелье чуть накренился, рюмка с коньяком заскользила к краю, опрокинулась, упала на пол и разбилась на семь одинаковых осколков. Зал притих, Лукас чихнул.

София прервала молчание: у нее оставалось к Лукасу еще два вопроса, и она взяла с него обещание ответить на них без уверток.

— Что вы делали в обществе директора служб недвижимости порта?

— Странно, что вы об этом спрашиваете.

— Мы условились: без уверток!

Лукас пристально смотрел на Софию. Ее рука лежала на столе, он придвинул к ней свою.

— Это была встреча по профессиональному поводу, как и предыдущая.

— Это все равно не ответ. Вы догадываетесь, каким будет второй вопрос. Чем вы занимаетесь? На кого работаете?

— Можно сказать, что я при исполнении задания.

Он часто забарабанил пальцами по столу.

— Что за задание? — не унималась София.

Лукас отвел глаза от Софии, потому что почувствовал на себе другой устремленный на него взгляд. В глубине зала сидел с хитрой усмешкой на губах Блез.

— Что случилось? — спросила София. — Вам нехорошо?

Лукаса было не узнать. Это был уже совсем не тот человек, с которым она провела вечер, полный тонких, неизведанных чувств.

— Больше никаких вопросов! — прикрикнул он. — Ступайте в гардероб, заберите свой плащ и поезжайте домой. Я свяжусь с вами завтра. Извините, сейчас я ничего не могу вам объяснить.

— Да что с вами? — испуганно ахнула она.

— Немедленно уходите!

Она встала и пересекла зал. До ее слуха отчетливо доносился каждый, даже самый слабый звук: падение прибора, соприкосновение бокалов, шорох старого платка, которым пожилой посетитель, ровесник платка, вытирает себе верхнюю губу, вздох безвкусно одетой дамы, заранее пожирающей взглядом пирожные, молчание бизнесмена, даже в ресторане не отвлекающегося от дела и читающую деловую страницу газеты, любопытство затаившей дыхание пары... Она прибавила шаг. Наконец-то двери лифта скрыли ее от непрошеных взглядов. В ней бушевали противоречивые чувства.

Она выбежала на улицу, где задохнулась от ветра. Машина унесла ее прочь вместе с дрожью и печалью.

Когда Блез опустился на место Софии, Лукас сжал кулаки.

— Ну, как наши делишки? — прозвучал игривый вопрос.

— Чего вам здесь надо? — Лукас даже не пытался скрыть свое раздражение.

— Я отвечаю за внутренние и внешние коммуникации. Вот и решил пообщаться с вами!

— Не собираюсь перед вами отчитываться!

— Лукас, Лукас, остыньте! Какие отчеты? Простая забота о здравии моего жеребчика! Как я погляжу, он отменно себя чувствует. — Приторный голос Блеза был полон неискреннего дружелюбия. — Я знал, что вы молодец, но все равно вынужден сознаться, что недооценивал вас.

— Если это все, что вы собирались мне сказать, то я попросил бы вас удалиться.

— Я наблюдал, как вы баюкаете ее своими серенадами. Признаться, во время десерта я чуть не зааплодировал! Честное слово, старина, это было гениально!

Лукас внимательно наблюдал за Блезом, силясь понять, что привело эту тупую скотину в такой восторг.

— Конечно, вы не перл мироздания, Блез, но не отчаивайтесь. Когда-нибудь к нам в лапы обязательно угодит грешница, проступок которой будет достаточно омерзителен, чтобы ее приговорили провести несколько часов в ваших объятиях.

— Не надо ложной скромности, Лукас, я все понял и одобряю вас. Ваш ум не перестает меня удивлять.

Лукас отвернулся и жестом потребовал счет. Блез подал метрдотелю кредитную карточку.

— Я заплачу!

— Чего вы, собственно, добиваетесь? — спросил Лукас, забирая счет из потной руки Блеза.

— Вы могли бы доверять мне чуть больше. Надо ли напоминать, что эту миссию вам доверили благодаря мне? Не будем валять дурака, ведь мы оба в курсе дела!

— В курсе чего? — спросил Лукас, вставая.

— Кто она!

Лукас медленно сел, не сводя глаз с Блеза.

— Кто же она?

— Она и есть та, другая, милейший... Ваша соперница!

Семь дней творения

Лукас разинул рот, словно в атмосфере стало недостаточно кислорода.

— Та, кого послали против вас, — объяснил Блез. — Вы наш демон, она их ангел, элитный агент!

Блез наклонился к Лукасу, тот отпрянул.

— Не досадуйте вы так, старина! Такая уж у меня работа — все знать. Я счел своим долгом вас поздравить. Искушение ангела — это для нашего лагеря не просто победа, а настоящий триумф! Это ведь и происходит, не правда ли?

В последнем вопросе Блеза Лукас расслышал неуверенность.

— Вы сами сказали, что ваша работа — все знать, — проговорил Лукас с иронией пополам с яростью.

И он вышел из-за стола. Когда он шагал по залу, до него донесся голос Блеза:

— Еще я явился подсказать вам включить мобильник. Вас ищут! Человек, с которым вы недавно провели переговоры, очень хочет сегодня же вечером заключить с вами договор.

Лукаса увез лифт. Блез, соблазненный недоеденным десертом, сел и жадно окунул в шоколад потный палец.

* * *

Машина Софии мчалась по авеню Ван Несс. Все светофоры у нее на пути послушно переключались на «зеленый». Она включила радио и поймала станцию, транслирующую рок. Ее пальцы на руле стали вместе с ударными отбивать ритм, она стучала все сильнее, пока не сделала себе больно. Свернув в Пасифик Хейтс, она резко затормозила перед домиком, где нашла приют.

В окнах первого этажа не было света. София стала подниматься по лестнице, но добралась только до третьей ступеньки, когда дверь мисс Шеридан приоткрылась. Луч света, проникший с лестницы в темное обиталище Рен, показался Софии указующим перстом.

— Я тебя предупреждала!

— Спокойной ночи, Рен.

— Лучше посиди со мной, «спокойной ночи» скажешь, когда отправишься спать. Хотя, судя по твоему лицу, ночь предстоит бессонная.

София подошла к ее креслу, опустилась на ковер, положила голову на подлокотник. Рен погладила ее волосы и промолвила:

— Надеюсь, у тебя есть вопрос? Потому что у меня уже готов ответ!

— Не могу выразить, что я чувствую…

София встала, подошла к окну и отогнула занавеску. «Форд» мирно спал на улице.

— Мне претит бестактность. На нет и суда нет. В моем возрасте будущее сжимается на глазах, при моей дальнозоркости поневоле забеспокоишься. Каждый день я гляжу вперед с ужасным ощущением, что дорога оборвется у самых носков моих туфель.

— Почему вы это говорите, Рен?

— Потому что я знаю, как ты благородна и застенчива. Для женщины моего возраста радости и печали любимых людей подобны километрам, отнятым у надвигающейся ночи. Ваши надежды, ваши желания напоминают нам, что и после нас путь продолжится, что содеянное нами в жизни наделено смыслом, пусть ничтожным, это оправдывает наше существование. А теперь ты мне расскажешь, что тебя гнетет.

— Я не знаю!

— То, что ты чувствуешь, зовется тоской.

— Я столько всего вам рассказала бы, если бы могла.

— Не волнуйся, я сама догадываюсь... — Рен ласково приподняла Софии подбородок кончиком пальца. — Не прячь от меня свою улыбку! Достаточно крохотного зернышка надежды, чтобы засеять целое поле счастья. Нужно только немного терпения, чтобы оно сумело прорасти.

— Вы кого-нибудь любили, Рен?

— Видишь все эти старые фотографии в альбомах? Так вот, от них нет никакого проку! Большинство запечатленных на них людей уже давно умерли, но для меня они сохраняют важность. Знаешь, почему? Потому что все эти фотографии я сделала сама! Знала бы ты, до чего сильно мне хочется, чтобы ноги снова, хотя бы разок, перенесли меня туда! Пользуйся случаем, София! Беги, не теряй времени! Наши понедельники порой изнурительны, наши воскресенья бывают унылы, но как добр Господь, дарующий нам неделю за неделей!

Рен раскрыла ладонь, взяла Софию за указательный палец и провела им по своей линии жизни.

— Знаешь, кто такой Башер? — София молчала. Голос Рен стал еще ласковее. — Это тот, кого для тебя предназначил Бог, твоя вторая половинка, твоя настоящая любовь. Все свои способности надо направить на то, чтобы его найти и, главное, распознать.

София молча смотрела на Рен. Потом она встала, нежно поцеловала ее в лоб и пожелала спокойной ночи. Прежде чем выйти, она задала последний вопрос:

— Среди ваших альбомов есть один, который мне очень хотелось бы посмотреть...

— Какой? Ты все их пересмотрела по десятку раз!

— Ваш собственный, Рен.

Дверь за ней беззвучно затворилась.

Она уже поднялась наверх, но вдруг передумала, бесшумно спустилась, вышла и разбудила старый «Форд». Город был почти пуст. Она поехала вниз по Калифорния-Стрит. Красный сигнал светофора заставил ее остановиться перед входом в здание, где она ужинала. Служащий стоянки дружески помахал ей рукой, она перевела взгляд на никогда не спящий Чайнатаун слева от нее. Еще через несколько кварталов она поставила машину у тротуара, пешком пересекла улицу, нажала ладонью на панель в восточной стене башни-пирамиды и оказалась в холле.

Поприветствовав Петра, она села в лифт и поехала на верхний этаж. Когда двери открылись, она сказала, что хочет видеть Михаила. Секретарь ответила, что очень сожалеет, но восточный день уже начался, и ее крестный-наставник трудится на другом конце света.

София неуверенно спросила, может ли она побывать у Господина.

— В принципе, да, хотя это может оказаться нелегко. — Секретарь не выдержала и, видя недоумение

Софии, объяснила: — Вам я могу об этом рассказать! У Господина есть свой конек, хобби, если хотите: ракеты! Он с ума от них сходит. От мысли, что люди запускают их в небеса, Он хохочет до упаду. Никогда не пропускает запуски: запирается в кабинете, включает все экраны — и никто не может к Нему обратиться. Не скрою, с тех пор, как этим занялись еще и китайцы, положение стало гораздо серьезнее.

— Сейчас как раз запуск? — невозмутимо спросила София.

— Если не возникнет технических проблем, взлет должен состояться через тридцать семь минут двадцать четыре секунды. Может, хотите, чтобы я что-то передала Господину? Это важно?

— Нет, не надо Его беспокоить. Просто хотела задать один вопрос... Ничего, я зайду позже.

— Где вас искать? Когда я готовлю для Него незаконченные записки, то имею право добавить в уголке собственное мнение.

— Наверное, прогуляюсь в порту. Спокойной западной ночи или доброго восточного дня, не знаю, что для вас предпочтительнее!

София покинула башню. Под моросящим дождем она не спеша дошла до машины, села за руль и поехала к пристани № 80, в другое место города, служившее ей убежищем.

Ей требовался свежий воздух, необходимо было оказаться среди деревьев. Поэтому она сменила направление, въехала в парк «Золотые ворота» по аллее Мартина Лютера Кинга и остановилась у центрального озера. Фонари, окруженные световыми нимбами, не позволяли разглядеть в небе звезды.

Свет фар вырвал из ночи павильон, где в хорошую погоду гуляющие брали напрокат лодки. На стоянке было пусто. Она вышла из машины, побрела к скамейке под фонарем, присела. Крупный белый лебедь, подгоняемый легким ветерком, скользил с закрытыми глазами по воде мимо лягушки, дремлющей на листе кувшинки. София вздохнула.

На аллее появился Он. Господин шел рассеянной походкой, засунув руки в карманы. Перешагнув через низенькую решетчатую ограду, Он зашагал прямо по лужайке, огибая цветочные клумбы. Подойдя к скамейке, Он сел рядом с Софией.

— Тебе понадобилось меня увидеть?

— Я не хотела Вас беспокоить, Господин.

— Ты Меня никогда не беспокоишь. У тебя проблема?

— Нет, вопрос.

Глаза Господина засияли еще ярче.

— Слушаю тебя, дочь Моя.

— Мы только и делаем, что проповедуем любовь, но у нас, ангелов, на вооружении одни теории. Что такое настоящая земная любовь, Господин?

Он посмотрел в небо и обнял Софию за плечи.

— Это прекраснейшее Мое изобретение! Любовь — крупица надежды, постоянное обновление мира, дорога к Земле Обетованной. Я создал разнообразие, дабы человечество пестовало разум: однообразный мир был бы смертельно тосклив! И потом, смерть — всего лишь мгновение в жизни того и той, кто умел любить и быть любимым.

София начертила кончиком туфли круг на гравии.

— А Башер — это правда?

Семь дней творения

— Неплохо придумано, да? Тот, кто отыщет свою вторую половинку, становится совершеннее всего человечества, вместе взятого. Человек уникален не сам по себе — если бы Я хотел сделать его таковым, то создал бы человека в единственном числе; но нет, он становится таким, только когда начинает любить. Возможно, одно человеческое существо несовершенно, но нет на свете ничего более совершенного, чем два любящих друг друга существа.

— Теперь я лучше понимаю... — проговорила София, прочерчивая прямую линию посередине своего круга.

Он встал, опять засунул руки в карманы и уже собирался уйти, как вдруг возложил руку на голову Софии и сказал ласковым, заговорщическим тоном:

— Я доверю тебе большой секрет. Единственный вопрос, который Я Себе задаю с самого первого дня: сам Я изобрел любовь или любовь изобрела Меня?

Удаляясь легким шагом, Бог взглянул на Свое отражение в воде, и до слуха Софии донеслось Его ворчание:

— Все «Господин» да «Господин»... Пора Мне назваться каким-нибудь именем. И так они Меня старят, да еще эта борода... — Он оглянулся и спросил Софию:

— Как тебе такое имя: «Хьюстон»?

Сбитая с толку, София смотрела ему вслед. Заложив за спину Свои прекрасные руки, Он бормотал Себе под нос:

— «Мистер Хьюстон»... Нет, просто «Хьюстон», отлично!

Голос Его растаял за стволом могучего дерева.

София долго сидела одна. Лягушка на кувшинке, не сводившая с нее вытаращенных глаз, дважды квакнула. София нагнулась к ней:

— Ква-ква?

После этого она села за руль и уехала из парка «Золотые ворота». На холме Ноб Хилл часы пробили одиннадцать раз.

* * *

Передние колеса замерли в нескольких сантиметрах от края пристани, передний бампер «Астон-Мартина» навис над водой. Лукас вылез из машины, оставив открытой дверцу. Он уже поставил ногу на задний бампер, приготовился к толчку, сделал глубокий вдох — и убрал ногу. Он отошел на несколько шагов, чувствуя головокружение, наклонился над водой. Его вырвало.

— Как я погляжу, дела обстоят неважно!

Лукас выпрямился. Старый бродяга протягивал ему сигарету.

— Темный табак, крепковата — как раз по обстоятельствам.

Лукас взял сигарету, Джуэлс щелкнул зажигалкой, язычок пламени на короткое мгновение озарил лица обоих. Лукас глубоко затянулся и закашлялся.

— Хорошие! — одобрил он, отбрасывая подальше сигарету.

— Что-то с желудком? — спросил Джуэлс.

— Нет! — простонал Лукас.

— Может, хандра?

— Лучше скажите, как поживает ваша нога, Джуэлс.

— Как все остальное: хромает!

Семь дней творения

— Надо ее перебинтовать, чтобы не загноилась, — посоветовал Лукас, удаляясь.

Джуэлс наблюдал, как он шагает к старым офисным постройкам метрах в ста от воды. Лукас взбежал по изъеденной ржавчиной лесенке и загромыхал по трапу вдоль фасада второго этажа.

— Ваша хандра — блондинка или брюнетка? — крикнул ему Джуэлс.

Но Лукас не услышал крика. За ним закрылась дверь единственного кабинета, в окне которого горел свет.

* * *

Софии совершенно не хотелось возвращаться домой. Как ни радовалась она тому, что приютила Матильду, с ее появлением в доме не стало так необходимого Софии уединения. Она прошла под старой башней из красного кирпича, высившейся над пустой пристанью. Часы под коническим карнизом башни обозначили одним ударом половину двенадцатого. Она приблизилась к краю пристани. Свет луны, пробиваясь сквозь легкую дымку, падал на нос старого торгового корабля.

— Люблю эту старую посудину: мы с ней ровесники! Она тоже движется со скрежетом, проржавела почище меня

София обернулась и улыбнулась Джуэлсу.

— Ничего против нее не имею, — сказала она. — Будь трапы не в таком плачевном состоянии, «Вальпараисо» нравился бы мне еще больше.

— Железо в этом происшествии ни при чем.

— Откуда вы знаете?

— В доках даже у стен есть уши, недоговоренные слова превращаются в недоговоренные фразы...

— Вам известны обстоятельства падения Гомеса в трюм?

— Загадочная история! Если бы это был неопытный юнга, то можно было бы свалить все на его собственную невнимательность. Недаром по телевизору талдычат, что молодые дурнее стариков! Но телека у меня нет, а докер — бывалый матрос. Никто не поверит, что он свернул себе шею по оплошности.

— Может, ему стало плохо?

— Не исключено, но надо разобраться, что вызвало недомогание.

— У вас есть свои соображения!

— Главное, я озяб, эта сырость пробирает меня до костей. Я не против продолжить нашу беседу, но подальше от воды, у лестницы в контору. Там что-то вроде микроклимата. Не возражаешь?

София взяла старика под руку и увела его под трап, служивший конторе коридором между офисами. Джуэлс облюбовал местечко под единственным окном, в котором в этот поздний час еще не погас свет. София знала, что у всех стариков есть причуды и что любить их — значит не чинить помех их привычкам.

— Совсем другое дело! — заявил Джуэлс. — Здесь лучше всего!

Они сели у стены. Джуэлс разгладил свои клетчатые штанины.

— Так что там насчет Гомеса? — напомнила ему София.

— Ничего я не знаю! Но ты слушай, вдруг ветерок чего-нибудь нам нашепчет?

Семь дней творения

София нахмурилась, но Джуэлс приложил к губам палец. В ночной тишине София расслышала низкий голос Лукаса, доносившийся из кабинета у нее над головой.

* * *

Херт, сидя на краю пластикового стола, подталкивал в сторону директора службы недвижимости порта запечатанный пакет из крафт-бумаги. Друг напротив друга сидели Теренс Уоллес и Лукас.

— Треть сейчас, треть — когда ваш административный совет проголосует за отчуждение доков, последняя треть — когда я подпишу разрешение на исключительное право продажи участков, — говорил вице-президент.

— Мы договорились, что совет соберется до конца недели, — напомнил Лукас.

— Слишком мало времени, — простонал Уоллес, еще не осмелившийся взять коричневый пакет.

— Близятся выборы! Мэрия с радостью объявит о превращении грязной портовой зоны в чистенькое жилье. Это будет настоящей манной небесной! — И Лукас сунул пакет Уоллесу в руки. — От вас требуется не такая уж трудная работа.

Лукас встал, подошел к окну, приоткрыл его и добавил:

— А поскольку скоро вам уже не нужно будет работать, вы сможете даже отказаться от повышения, которое вам предложат в благодарность за то, что вы их обогатили...

— Вернее, за предотвращение неминуемого кризиса! — подхватил Уоллес жеманным тоном, протягивая

Эду большой белый конверт. — В этом секретном докладе указана стоимость каждого участка. Повысьте ее на десять процентов — и мои администраторы не смогут отказаться от вашего предложения.

Уоллес схватил пакет и радостно его потряс.

— Они у меня соберутся не позднее вечера пятницы!

Внимание Лукаса, оставшегося у окна, привлекла тень внизу. Когда София садилась в машину, ему показалось, что она заглянула ему в глаза. Габаритные огни «Форда» растаяли в темноте. Лукас повесил голову.

— У вас не бывает угрызений совести, Теренс?

— Забастовку спровоцирую не я! — ответил тот, выходя из кабинета.

Лукас отверг общество Эда и остался один.

Колокола собора Божьей Милости пробили полночь. Лукас надел плащ, засунул руки в карманы. Открывая дверь, он погладил кончиками пальцев обложку украденной книги, которую везде носил с собой. С улыбкой глядя на звезды, он продекламировал:

— Да будут светила на тверди небесной, для отделения дня от ночи... и для знамений, и времен, и дней, и годов.

И увидел Бог, что это хорошо.

И был вечер, и было утро...

СЕМЬ ДНЕЙ ТВОРЕНИЯ

ДЕНЬ ЧЕТВЕРТЫЙ

Матильда почти каждый час стонала, ее все еще мучила боль, и она забылась только на рассвете. София встала, стараясь не шуметь, поспешно оделась и на цыпочках удалилась. В окно на лестнице заглядывало ласковое солнце. Внизу она столкнулась с Рен: та открыла дверь ногой, потому что ее руки были заняты огромным букетом цветов.

— Доброе утро, Рен!

Рен сжимала зубами конверт и в ответ только замычала. София подскочила к ней, чтобы помочь, забрала букет и положила его на столик у двери.

— Кто-то вас балует, Рен.

— Не меня, а тебя! Держи, эта записка тоже, кажется, тебе.

Она протянула Софии конверт, та недоуменно поспешила его вскрыть.

«За мной объяснения, позвоните мне, пожалуйста. Лукас».

София спрятала записку в карман. Рен любовалась цветами с наполовину восторженным, наполовину насмешливым выражением.

— Гляди-ка, ты ему не безразлична! Тут их сотни три, разных сортов! У меня не найдется для такого букета достаточно большой вазы.

Мисс Шеридан направилась в свои комнаты, София последовала за ней, нагруженная роскошным букетом.

— Положи цветы у раковины, я наделаю тебе букетов нормальной величины, ты заберешь их, когда вернешься. Беги, я вижу, что ты уже опаздываешь.

— Спасибо, Рен, я скоро вернусь.

— Да-да, пошевеливайся, терпеть не могу, когда ты присутствуешь только наполовину, голова уже в другом месте!

София обняла свою квартирную хозяйку и убежала. Рен достала из шкафа пять ваз, расставила их на столе, нашла в кухонном ящике секатор и принялась составлять композиции. Длинную ветку сирени она отложила в сторону. Когда над головой у нее заскрипел паркет, она отвлеклась от приятного занятия, чтобы приготовить Матильде завтрак. Немного погодя, поднимаясь по лестнице, она бормотала:

— Квартирная хозяйка, цветочница... Что теперь? Голова идет кругом!

София поставила машину перед «Рыбацкой закусочной». Войдя, она сразу узнала инспектора Пильгеса. Полицейский пригласил ее подсесть к нему.

— Как поживает ваша подопечная?

— Потихоньку поправляется. Нога беспокоит ее больше, чем рука.

— Понятное дело, на руках в последнее время не очень-то принято расхаживать.

— Что вас сюда привело, инспектор?

— Расследование падения докера в трюм! Чем вас угостить? — Пильгес повернулся к стойке.

Без Матильды в закусочной приходилось запасаться терпением и подолгу ждать заказанного, даже простого кофе.

— Уже известно, почему он упал? — спросила София.

— Комиссия по расследованию грешит на ступеньку железной лестницы.

— Очень плохая новость... — пробормотала София.

— Их методы расследования меня не убеждают! Я даже поцапался с их главным.

— Из-за чего?

— Он так часто повторял о ступеньке «трухлявая», что можно было подумать, что он полощет горло! Беда в том, — задумчиво продолжил Пильгес, — что никого из уполномоченных не заинтересовала панель предохранителей...

— При чем тут предохранители?

— Тут — ни при чем, а вот в трюме они еще как важны! Опытный докер может упасть по очень ограниченному числу причин. Может быть виновата и ветхая лестница, я не утверждаю, что она была молода и упруга, может — невнимательность. Гомес, правда, не из тех, кто способен зазеваться. А как вам темнота в трюме? Вдруг там погас свет? Если так, то несчастья было не избежать.

— Намекаете на злой умысел?

— Просто рассуждаю: лучший способ заставить Гомеса свалиться с лестницы — вырубить прожектор, когда он на ней находится! При освещении там впору было надевать темные очки. Теперь представьте, к чему приводит резкое наступление темноты! Пока ваши глаза привыкнут к потемкам, вы успеете потерять равновесие. Вспомните собственные ощущения, когда вы входите с яркого солнца в магазин или, того лучше, в темный кинозал. А если еще висеть при этом на двадцатиметровой высоте...

— У вас есть доказательства этой версии?

Пильгес полез в карман за носовым платком. В платок оказался завернут обугленный по всей длине маленький цилиндр. В ответ на вопросительный взгляд Софии прозвучало:

— Полюбуйтесь! Перегоревшая свеча с недостающим ноликом!

— Я не больно смыслю в электричестве...

— Она была вдесятеро слабее того тока, который применяется в трюме.

— Это убедительное доказательство?

— По меньшей мере это — свидетельство недобросовестности. Такое сопротивление могло прослужить там не больше пяти минут.

— Что все это доказывает?

— Что тьма царит не в одном трюме «Вальпараисо».

— А что считает комиссия по расследованию?

Пильгес крутил пальцами злополучный предохранитель, не скрывая своего негодования.

— Комиссия считает, что эта улика ничего не стоит, потому что я нашел ее не на самой панели.

— У вас другое мнение?

— Да.

— На каком основании?

Семь дней творения

Пильгес запустил предохранитель крутиться на столе, как юлу, София поймала его и стала внимательно разглядывать.

— Я нашел его под лестницей: сильным напряжением его, наверное, оторвало от панели. Человек, заметавший следы преступления, его не нашел. На панели вместо него красовался новенький.

— Вы намерены завести уголовное дело?

— Еще нет, с этим тоже проблема!

— Какая?

— Мотив! Для чего было ронять Гомеса в трюм этого корыта? Кому на руку несчастный случай? У вас есть догадки?

Софии стало нехорошо. Она кашлянула, закрыла ладонью лицо.

— Никаких догадок!

— Так уж никаких? — подозрительно переспросил Пильгес.

— Ни малейших! — София снова поперхнулась.

— Жаль! — сказал Пильгес, вставая.

Он вышел, пропустив Софию вперед, и направился к своей машине. Опершись о дверцу, он обернулся.

— Никогда не пытайтесь врать, вы для этого просто не приспособлены!

Натянутая улыбка — и Пильгес уже садится за руль. София подбежала к нему.

— Я вам не сказала одну вещь!

Пильгес посмотрел на часы и вздохнул.

— Вчера вечером комиссия решила, что корабль ни при чем. После этого никто его больше не осматривал.

— Что могло бы заставить их передумать на ночь глядя? — спросил инспектор.

— Я знаю одно: если виноват корабль — значит, будет новая стачка.

— Зачем комиссии стачка?

— Тут должна существовать какая-то связь, ее и ищите!

— Найти такую связь — все равно, что раскрыть причину падения Гомеса.

— Что бы это ни было — несчастный случай или злой умысел, — конец один... — взволнованно проговорила София.

— Сначала мне придется покопаться в прошлом пострадавшего, чтобы отодвинуть другие гипотезы.

— Наверное, это — самое лучшее, — кивнула София.

— А куда направляетесь вы?

— На общее собрание портовиков.

Она отошла от дверцы машины, Пильгес запустил двигатель и уехал.

На выезде из портовой зоны инспектор позвонил в полицию. Женщина-диспетчер сняла трубку только после седьмого звонка.

— Здравствуйте, с вами говорят из похоронной конторы. С детективом Пильгесом случился приступ, он скончался при попытках вам дозвониться. Вы как предпочитаете: чтобы тело доставили в полицию или прямо вам на дом?

— Есть третий вариант: в двух кварталах отсюда свалка, везите его прямо туда, я туда наведаюсь, когда у меня появится помощница и мне не надо будет хватать телефон каждые две минуты! — ответила Наталья.

— Добрая ты наша!

— Тебе чего?

Семь дней творения

— Нисколечко не испугалась?

— У тебя больше не бывает приступов с тех пор, как я слежу за твоим уровнем сахара и холестерина. Хотя иногда я тоскую по временам, когда ты тайком пожирал яйца: тогда у тебя хотя бы изредка повышалось настроение. Этот очаровательный звонок — повод узнать, как у меня дела?

— Еще — кое о чем тебя попросить.

— Да уж, просить ты умеешь! Я тебя слушаю — как всегда.

— Запроси центральный компьютер: нужны все сведения о Феликсе Гомесе, Филмор-стрит пятьдесят шесть, докерская карточка 54687. Второе: кто тебе наплел, что я тайком ем яйца?

— Представь, я тоже служу в полиции! Ты ешь так же деликатно, как и говоришь.

— Что это доказывает?

— Кто относит в чистку твои рубашки? Все, хватит, у меня на линии шесть вызовов, среди них могут оказаться по-настоящему срочные.

Как только Наталья повесила трубку, Пильгес включил сирену, развернулся и помчался в противоположную сторону.

Потребовалось не меньше получаса, чтобы толпа угомонилась. Собрание в порту только что началось. Манча дочитывал медицинское заключение, предоставленное Мемориальным госпиталем Сан-Франциско. Гомеса пришлось трижды оперировать. Врачи не брались утверждать, что он когда-нибудь вернется на работу, но две трещины поясничных позвонков не затронули костный мозг. Пациент по-прежнему без сознания, но его жизнь вне опасности. По толпе пробежал вздох облегчения, но напряжение осталось прежним. Докеры столпились перед импровизированной эстрадой, зажатой между двумя контейнерами. София не пыталась пробиться ближе и осталась в заднем ряду. Манча потребовал тишины.

— Комиссия по расследованию пришла к заключению, что несчастный случай с нашим товарищем произошел, скорее всего, из-за ветхости трюмной лестницы.

Профсоюзный босс глядел сурово. Условия, в которых им приходилось работать, поставили под угрозу жизнь очередного докера. Снова им приходилось расплачиваться своим здоровьем!

Из-за двери контейнера, соседствовавшего с трибуной, с которой Манча обращался к портовикам, тянуло горьким дымом. Зажигая тонкую сигару, Эд Херт опустил стекло своего «Ягуара». Он вернул прикуриватель в гнездо и выплюнул оставшиеся на языке табачные волокна. Чувствуя, как в нескольких метрах от него закипает ярость, он довольно потер руки.

— Мне остается одно: предложить прекратить работу на неопределенный срок, — заключил Манча.

Над двором повисла тяжелая тишина. Одна за другой поднялась сотня рук. Манча кивнул: решение его товарищей было единогласным. София набрала в легкие побольше воздуху.

— Не делайте этого! — крикнула она. — Вы попадете в ловушку!

На лицах обернувшихся к ней людей читалось удивление пополам с гневом.

— Гомес упал не из-за гнилой ступеньки! — добавила София.

— Куда она лезет? — крикнул кто-то из докеров.

— Тебя как старшую по безопасности никто не обвиняет — вот и сиди тихо! — подхватил другой.

— Не пори чушь! — отрезала София. Она чувствовала, что вызывает всеобщее недовольство. — Меня все время упрекают за то, что я слишком за вас трясусь, вам это отлично известно!

Толпа несколько секунд собиралась с мыслями, потом раздался третий крик:

— Почему тогда упал Гомес?

— По крайней мере, лестница тут ни при чем! — ответила София негромким голосом, опуская голову.

К ней шагнул тракторист с монтировкой в кулаке.

— Проваливай, София! Тебя сюда никто не звал!

Она почувствовала, что от окруживших ее докеров исходит серьезная угроза. Она отшатнулась — и наткнулась на человека, выросшего у нее за спиной.

— Услуга за услугу! — прошептал ей на ухо Пильгес. — Вы мне объясняете, для чего нужна эта забастовка, а я вас спасаю. По-моему, вам есть что мне рассказать. Можете даже не уточнять, кого вы пытаетесь выгородить.

Она обернулась и увидела на его лице усмешку.

— Инстинкт полицейского, дорогая моя, — пояснил он, вертя между пальцами обгоревший предохранитель.

Толпе было достаточно его полицейского значка, чтобы разом присмиреть.

— Не исключено, что дамочка права, — сказал он, наслаждаясь молчанием, к которому принудил всех вокруг. — Я инспектор Пильгес из криминальной полиции Сан-Франциско. Попрошу всех вас отойти, у меня боязнь замкнутого пространства.

Никто не послушался. Манча крикнул с эстрады:

— Что вы тут делаете, инспектор?

— Мешаю вашим друзьям совершить глупость и угодить в ловушку, выражаясь словами мисс!

— Вам-то какое дело?

— Большое! — И Пильгес поднял руку, показывая предохранитель.

— Что это такое? — спросил Манча.

— Эта штучка могла бы не позволить вырубиться свету в трюме, куда свалился Гомес!

Все обернулись к Манче. Тот еще больше повысил голос.

— Не вижу, куда вы клоните, инспектор.

— Вот и я о том же, старина! Гомес в трюме тоже не видел ни зги.

Медный цилиндрик описал дугу над головами докеров. Манча поймал его на лету.

— Несчастье с вашим товарищем произошло по злому умыслу других людей, — продолжил Пильгес. — Этот предохранитель в десять раз слабее, чем положено, можете сами убедиться.

— Зачем надо было это делать? — спросил кто-то.

— Чтобы подбить вас на стачку! — коротко ответил Пильгес.

— Этих пробок на корабле не сосчитать! — возразил кто-то.

— То, что вы говорите, противоречит отчету комиссии по расследованию, — добавил другой докер.

Семь дней творения

— Тихо! — прикрикнул Манча. — Предположим, вы правы, — обратился он к Пильгесу. — Кто мог это подстроить?

Пильгес покосился на Софию и, вздохнув, ответил профсоюзному боссу:

— Эта сторона дела пока еще недостаточно исследована.

— Тогда проваливай отсюда вместе со своими сказками! — гаркнул докер, явившийся на собрание с лапчатым ломом.

Рука полицейского сама по себе поползла к кобуре. Грозная толпа надвигалась на него и на Софию, как неумолимый прилив. Рядом с эстрадой, у открытого контейнера, стоял человек, не сводивший глаз с Софии. Она узнала его.

— Я знаю заказчика преступления!

Голос Лукаса заставил всех до одного докеров обернуться. Он толкнул дверцу контейнера. Раздался скрип — и всем взорам предстал стоявший рядом с контейнером «Ягуар». Лукас показал пальцем на водителя, судорожно пытавшегося завести двигатель.

— Участки, на которых вы вкалываете, стоят больших денег. Их купят после вашей забастовки. Спросите у покупателя. Вот он!

Херт включил наконец задний ход, покрышки заскользили по асфальту, и служебная машина вице-президента «Эй-энд-Эйч» заметалась между крановых опор, спасаясь от пролетарского гнева.

Пильгес потребовал, чтобы Манча утихомирил своих людей:

— Поторопитесь, пока здесь никого не линчевали!

Профсоюзный босс скорчил гримасу и потер колено.

— Признаться, у меня ужасный артрит, — простонал он. — В порту невозможная влажность! Ничего не поделаешь, такая работа...

И он захромал в сторону.

— Вы, оба, никуда не уходите! — приказал Пильгес Лукасу и Софии и побежал туда же, куда бросились перед этим рабочие. Лукас проводил его взглядом.

Когда тень инспектора исчезла позади трактора, Лукас шагнул к Софии и взял ее руки в свои. Она поколебалась и спросила полным надежды голосом:

— Вы ведь не Контролер?

— Нет, я даже не знаю, о чем вы говорите!

— К правительству вы тоже не имеете отношения.

— Скажем, я работаю на... сопоставимую с ним структуру. Но этим мои объяснения не исчерпываются.

Издали донесся железный грохот. Лукас и София переглянулись и дружно бросились туда, откуда долетел шум.

— Если они его поймают, я недорого дам за его шкуру! — бросил Лукас на бегу.

— Раз так, молитесь, чтобы этого не произошло, — ответила София, догоняя его.

— Давайте наперегонки! — предложил Лукас, снова ее опережая. София тут же восстановила равенство.

— У вас отлично поставлено дыхание!

— Не жалуюсь!

Он прилагал все усилия, чтобы обогнать ее в узком лабиринте между контейнерами. София поднажала, срывая его попытку.

— Они там! — крикнула она, запыхавшись, но не отдав первенства.

Лукас подбежал к ней. Из-под капота «Ягуара», пробитого вилкой погрузчика, валил белый дым. София глубоко вздохнула и снова сорвалась с места, догоняя враз ушедшего в отрыв соперника.

— Я займусь им, вы берите на себя докеров! Когда догоните, конечно. — И она снова унеслась вперед.

Она обогнула плотную толпу, окружившую поврежденный автомобиль, не желая оборачиваться, чтобы ни на секунду не замедлять свой победный бег. Она представляла, с какой физиономией тащится у нее за спиной Лукас.

— Не дурачьтесь, мы не на соревновании! — донесся до ее ушей его стон.

Столпившиеся молча разглядывали пустую машину. Рабочий, посланный на разведку, вернулся с сообщением, что мимо охранника никто не пробегал. Это значило, что Эд остается пленником пристаней и прячется в каком-нибудь из контейнеров. Докеры рассыпались по порту, каждый горел желанием первым сцапать беглеца. Лукас подбежал к Софии.

— Не хотелось бы мне очутиться на его месте!

— Вижу, что вы увлечены происходящим, — недовольно ответила она. — Лучше помогите мне найти его раньше, чем это сделают они.

— Вообще-то я запыхался. Надо еще разобраться, кто в этом виноват.

— Вот это наглость! — София весело подбоченилась. — Кто начал?

— Вы!

Их прервал Джуэлс.

— Если вы соизволите перенести вашу увлечённую беседу на потом, то, быть может, спасёте кое-кому жизнь. За мной!

По пути Джуэлс объяснил им, что Эд выскочил из машины за секунду до столкновения и побежал к выезду из порта. Когда он пробегал мимо арки № 7, его уже нагоняла неистовая толпа.

— Где он? — взволнованно спросила София, шагая рядом со старым бродягой.

— Под кучей тряпья!

Джуэлсу стоило немалого труда уговорить беглеца спрятаться в его тележке.

— До чего неприятный тип! — ворчал Джуэлс. — Только когда я ему показал, куда ребята его окунут, когда поймают, он понял, что моё бельё не такое уж грязное.

Лукас лишь сейчас сумел нагнать Софию и прошептал ей на ухо:

— Нет, вы!

— Бессовестная ложь! — отрезала она, отворачиваясь.

— Вы первая стали меня обгонять.

— Нет, это вы предложили посоревноваться.

— Хватит! — шикнул на них Джуэлс. — Инспектор тоже его ищет. Надо как-то помочь этому человеку отсюда улизнуть.

Пильгес поманил их, все трое заспешили к нему. Инспектор возглавил операцию.

— Все они у кранов, обшаривают там каждый угол. Скоро они пожалуют сюда. Может, один из вас сумеет пригнать сюда свою машину так, чтобы это не привлекло внимания?

«Форд» стоял в неудачном месте, докеры обратили бы внимание, если бы София за ним явилась. Лукас словно воды в рот набрал: чертил себе круг в пыли носком ботинка.

Джуэлс глазами указал Лукасу на кран, ставивший на пристань неподалеку от них «Шевроле-Камаро» в плачевном состоянии. Это была седьмая по счету машина, поднятая со дна.

— Я знаю, где тут неподалеку водятся машины, только их двигатели странно булькают при попытке их запустить! — сказал старый бродягу Лукасу на ухо.

Провожаемый вопросительным взглядом инспектора Пильгеса, Лукас зашагал прочь, бормоча:

— Сейчас вы получите то, чего хотите!

Он вернулся всего через три минуты за рулем вместительного «Крайслера» и остановился перед аркой. Джуэлс прикатил свою тележку, Пильгес и София помогли Херту из нее вылезти. Вице-президент компании недвижимости лег на заднее сиденье автомобиля, Джуэлс тщательно накрыл его одним из своих одеял.

— Только чур, выстирайте его, прежде чем вернуть! — С этим напутствием бродяга захлопнул дверцу.

София села рядом с Лукасом. Пильгес подошел к окну Лукаса.

— Не теряйте времени!

— Мы везем его к вам в участок? — спросил Лукас.

— Зачем? — досадливо спросил полицейский.

— Вы не намерены предъявить ему обвинение? — удивилась София.

— У меня единственная улика — медный цилиндр длиной два сантиметра, — да и с ней мне пришлось расстаться, чтобы вызволить вас из беды! В конце концов, — инспектор пожал плечами, — предупреждать избыточное напряжение — главное назначение предохранителя, разве нет? Уезжайте!

Лукас включил передачу, и машина унеслась в облаке пыли. Они еще не покинули пристань, когда сзади донесся сдавленный голос Эда:

— Вы дорого мне за это заплатите, Лукас!

София приподняла край одеяла, открывая раскрасневшуюся физиономию Херта.

— По-моему, момент для упреков выбран не совсем удачно, — сказала она сдержанно, но внушительно.

Но вице-президент, моргая, как сумасшедший, счел необходимым присовокупить:

— С вами покончено, Лукас, вы не представляете моего могущества!

Лукас затормозил так резко, что машину протащило по инерции еще несколько десятков метров. Не снимая рук с руля, Лукас приказал Софии:

— Вылезайте!

— Что у вас на уме? — испуганно спросила она.

Но он повторил свое требование тоном, не располагавшим к спору. Она вышла из машины, стекло на дверце тут же с визгом закрылось. Херт увидел в зеркале заднего вида, как темные глаза Лукаса приобретают цвет антрацита.

— Это вы не представляете моего могущества, старина, — молвил Лукас. — Но не беспокойтесь, с этим недостатком мы быстро покончим!

Семь дней творения

Он вытащил ключ из замка зажигания и тоже покинул автомобиль. Стоило ему сделать один шаг в сторону — и все четыре двери разом заперлись. Рев двигателя нарастал, севший на заднем сиденье Херт смотрел, вытаращив глаза, на стрелку тахометра, достигшей отметки 4500 оборотов в минуту. Колеса бешено вращались, но машина не двигалась с места. Лукас сложил руки на груди и озабоченно пробормотал:

— Что-то не так, но что?

Эд чувствовал, как неодолимая сила прижимает его к сиденью. Спинку заднего сиденья сорвало и швырнуло на заднее стекло. Сопротивляясь силе, тащившей его назад, Херт цеплялся за кожаные лямки на сиденье, но не выдержали и они. Он в отчаянии ухватился за дверную ручку, но тяга была так велика, что его суставы сначала посинели, потом обмякли. Сопротивляться было бесполезно. Чем больше Эд упирался, тем сильнее его тащило назад, втягивало все глубже в чрево багажника. Он рвал ногтями кожу сиденья, но без малейшего толку. Когда он оказался с ногами в багажнике, спинка сиденья прыгнула на положенное ей место, тяга тотчас прекратилась. Эд находился в кромешной темноте. Стрелка тахометра прыгала взад-вперед, как безумная. Снаружи рев мотора стал невыносимым, колеса дымились, под резиной растекались жирные черные пятна, машина тряслась, словно ее трепал чудовищный ураган. Перепуганная София хотела было выпустить на свободу несчастную жертву, но, распахнув вибрирующую дверцу, обнаружила, что салон пуст. В панике она оглянулась на Лукаса, с сосредоточенным видом крутившего пальцами ключи зажигания.

— Что вы с ним сделали? — спросила София.

— Он в багажнике, — ответил Лукас озабоченно. — Что-то не так, что-то я забыл, но что?

— Вы совсем не в себе! Если не выдержат тормоза, то...

Закончить свою мысль София не успела. Лукас облегченно кивнул и щелкнул пальцами. Внутри машины опустился рычаг ручного тормоза, и машина рухнула в море. София подбежала к самому краю и впилась взглядом в капот, еще торчавший из воды. Крышка открылась, вице-президент оказался среди грязных волн, плескавшихся под пристанью № 80. Похожий на пробку, подхваченную течением, Эд Херт неуклюже поплыл к каменной лестнице, отплевываясь во все стороны. Автомобиль ушел под воду, забрав с собой величественные проекты Лукаса из области недвижимости. Тот был сейчас похож на ребенка, пойманного на очередной проказе.

— Вы не проголодались? — обратился он к Софии, решительно направлявшейся к нему. — Из-за всей этой суеты мы совсем забыли про обед...

Она прожгла его взглядом.

— Кто вы такой?

— Это несколько затруднительно объяснить... — ответил он в смущении.

София вырвала у него из рук ключи.

— Наверное, вы — сын дьявола или его лучший ученик, если умеете показывать такие фокусы?

Семь дней творения

Носком ботинка Лукас прочертил прямую линию строго посередине круга, раньше проведенного в пыли. Повесив голову, он сконфуженно ответил:

— Вы до сих пор не поняли?

София сделала шаг назад, потом еще один шаг.

— Я его посланник, его элита!

Она закрыла ладонью рот, чтобы заглушить крик.

— Только не вы... — пробормотала она, глядя на Лукаса в последний раз, прежде чем броситься наутек.

До нее донесся его голос, звавший ее по имени, но слова превратились в разрозненные слоги, разлетевшиеся на ветру.

— Проклятье, ты тоже не говорила мне правды! — прорычал Лукас, сердито стирая ногой круг в пыли.

* * *

В своем огромном кабинете Люцифер выключил монитор. Лицо Лукаса превратилось в белую точку посередине экрана и через секунду исчезло. Сатана повернулся в кресле и нажал на кнопку переговорного устройства.

— Немедленно Блеза ко мне!

* * *

Лукас пришел на стоянку и уехал из порта в светло-сером «Додже». За шлагбаумом он достал из кармана и укрепил на противосолнечном щитке визитную карточку. После этого набрал на мобильном телефоне номер единственной знакомой ему журналистки. Эми ответила после третьего звонка.

— Не пойму, почему ты убежала сердитая, — начал он.

— Не ждала, что ты позвонишь, — ответила она ему в тон. — Один-ноль в твою пользу.

— Хочу попросить тебя об одной услуге...

— Все, снова ноль-ноль. Что я буду с этого иметь?

— Предположим, у меня есть для тебя подарок.

— Если это цветы, оставь их себе.

— Сенсационная новость!

— Наверное, ты хочешь, чтобы я ее опубликовала?

— Что-то в этом роде, да.

— Только если в дополнение к своим сведениям ты предложишь такую же горячую ночку, как прошлая.

— Нет, Эми, это невозможно!

— Даже если я откажусь от душа?

— Даже в этом случае.

— Я прихожу в отчаяние при мысли, что такие типы, как ты, могут влюбляться!

— Лучше включи магнитофон: речь пойдет о магнате недвижимости, чьи неудачи сделают из тебя счастливейшую журналистку на свете!

«Додж» медленно ехал по Третьей стрит. Закончив свой рассказ, Лукас свернул на Ван Несс и стал подниматься на Пасифик Хейтс.

* * *

Блез трижды постучался, вытер мокрые руки о штаны и вошел.

— Вы меня звали, Президент?

— Вечно ты задаешь идиотские вопросы, ответы на которые знаешь сам! Не смей садиться!

СЕМЬ ДНЕЙ ТВОРЕНИЯ

Блез выпрямился, напуганный. Президент достал из ящика красную папку и запустил ее на противоположный край стола. Блез сбегал за папкой и опять встал перед своим хозяином навытяжку.

— Болван! Думаешь, я тебя вызвал, чтобы полюбоваться, как ты носишься вокруг моего стола? Открой папку, кретин!

Блез дрожащими руками открыл обложку и уставился на фотографию: Лукас обнимает Софию.

— Я превращу это в нашу новогоднюю поздравительную открытку, недостает только подписи. — Люцифер двинул кулаком по столу. — Предложения за тобой, это ведь ты выбрал из наших агентов самого лучшего!

— Шикарное фото, не правда ли? — проблеял Блез, отчаянно потея.

— Что-то я не пойму... — грозно проговорил Сатана, расплющивая окурок в мраморной пепельнице. — То ли гибельное остроумие совсем затмило тебе разум, то ли я сам чего-то не замечаю.

— Вам не кажется, Президент, что... То есть... Нет, вы только полюбуйтесь! — Блез униженно завилял толстыми бедрами. — Ведь все это — его заготовка, все под строжайшим контролем! У Лукаса обнаружились неведомые ранее способности, он невероятно эффективен!

Сатана достал из кармана новую сигарету, закурил, глубоко затянулся и выдохнул дым Блезу в лицо.

— Если ты собрался морочить мне голову...

— Назревает шах и мат! У вашего противника скоро съедят ферзя.

Люцифер встал и подошел к окну. Упершись руками в подоконник, он некоторое время раздумывал.

— Хватит метафор, меня от них тошнит. Будем надеяться, что ты прав. Если врешь, то последствия будут для тебя адскими.

— Вы останетесь довольны нами! — пролепетал Блез, пятясь к двери на цыпочках.

Оставшись один, Сатана сел к длинному столу и зажег монитор.

— Все равно надо проверить две-три вещи, — пробормотал он, снова нажимая кнопку переговорного устройства.

* * *

На Ван Несс Лукас сбавил ход, высматривая пересечение с Пасифик-стрит. Он опустил стекло, включил радио, закурил. Проезжая под мостом «Золотые ворота», он выключил радио, выбросил сигарету, поднял стекло. Машина грозно устремилась к Сосалито.

* * *

София оставила свой «Форд» в глубине паркинга и поднялась на эскалаторе на Юнион-Сквер. Она пересекла маленький сквер, шагая без всякой цели. В боковой аллее она немного посидела на скамейке, рядом с плачущей молодой женщиной. Ответа на свой вопрос, что у бедняжки стряслось, она ждать не стала: почувствовала, что сама сейчас разревется.

— Сочувствую вам! — пролепетала она и заторопилась дальше.

Семь дней творения

Она бродила по тротуарам, задерживаясь перед роскошными витринами. Оказавшись перед вращающимися дверями большого универмага «Мейси», она, не отдавая себе отчета, шагнула туда. В следующую же секунду женщина в желтом цыплячьем одеянии предложила оросить ее духами нового модного аромата «Canary Wharf». София с вежливой улыбкой отклонила предложение и спросила, где найти духи «Habit Rouge». Женщина в желтом не скрыла раздражения.

— Второй прилавок направо! — Она пожала плечами и дважды пшикнула Софии в спину желтой струей.

— Другие тоже имеют право на существование!

София подошла к прилавку, робко взяла демонстрационный флакон, сняла четырехугольную крышку и нанесла две капли духов себе на запястье. Потом поднесла надушенное место к ноздрям, втянула аромат и зажмурилась. Перед ее внутренним взором появились «Золотые Ворота», из-под которых плыл в сторону Сосалито легкий туман; потом она увидела пустую набережную, по которой шагал мужчина в черном костюме.

Голос продавщицы вернул ее к действительности. София огляделась. По магазину сновали покупательницы, увешанные обвитыми ленточками пакетами.

София опустила голову, вернула на место флакон и вышла из магазина. Сев в машину, она поехала в учебный центр для слабовидящих. Урок прошел в молчании, которое ученики соблюдали до самого звонка на перемену. Услышав звонок, она покинула

175

свое кресло на возвышении и, бросив «спасибо», покинула класс.

Дома ее ждала огромная ваза с роскошными цветами в прихожей.

— К тебе наверх это все равно не поднять! — сказала Рен, выглядывая из своей двери. — Тебе нравится? Они и здесь неплохо смотрятся.

— Да, — сказала София, кусая губы.

— Что с тобой?

— Вы не из тех, кто любит говорить: «Я тебя предупреждала», правда, Рен?

— Совершенно не из тех!

— В таком случае, будьте добры, заберите букет к себе! — взмолилась София срывающимся голосом и побежала вверх по лестнице.

Рен проводила ее взглядом и прошептала:

— Я тебе говорила!..

Матильда отложила газету и уставилась на подругу.

— Хорошо провела день?

— А ты? — ответила София вопросом на вопрос, ставя сумку под вешалкой.

— Больше вопросов не имею. Вопрос не срочный, при такой физиономии можешь вообще не отвечать.

— Я очень устала, Матильда!

— Присядь ко мне на кровать.

София повиновалась. От сотрясения матраса Матильда застонала.

— Извини! — София вскочила. — Ну, как ты тут?

— Замечательно! — ответила Матильда с гримасой боли. — Открыла холодильник и давай шутить — ты знаешь мои возможности! Один помидор даже лопнул со смеху. Остальное время я посвятила мытью петрушки с шампунем.

— Тебе сегодня было очень больно?

— Только во время занятий аэробикой! Можешь сесть, только аккуратнее, пожалуйста. — Матильда посмотрела в окно и крикнула: — Нет, стой!

— Почему? — удивилась София.

— Потому что через две минуты все равно встанешь! — объяснила Матильда, не отрывая взгляд от окна.

— Что там?

— Не могу поверить: опять он это приволок! — Матильда улыбнулась, превозмогая боль.

София расширила глаза и отшатнулась к стене.

— Он внизу?

— До чего хорош! Вот бы у него был близнец — мне тоже хочется такого! Он ждет тебя. Сидя на капоте своей машины с цветами. Спускайся! — Сказав это, Матильда обнаружила, что осталась в комнате одна.

София уже была на улице. Лукас выпрямился и протянул ей рыжую кувшинку в горшке.

— До сих пор не знаю, какие цветы вы предпочитаете, но этот по крайней мере побуждает вас со мной говорить!

София молча смотрела на него. Он шагнул к ней.

— Прошу предоставить мне хотя бы шанс объясниться.

— Что вы хотите объяснять? Объяснять нечего.

Она отвернулась от него и вернулась в дом. Там, в прихожей, она одумалась, выбежала на улицу и молча подошла к нему, чтобы отнять кув-

шинку и возвратиться домой с ней. Хлопнула
дверь. Рен преградила ей путь к лестнице и отняла
растение.

— Я сама им займусь. Даю тебе три минуты,
беги приводи себя в порядок. Подмажься и не
бойся капризничать, это очень по-женски, только
не забывай, что противоречить всему — это уже
перебор. Вперед!

София собиралась возразить, но Рен уперла руки
в бока и заявила не терпящим возражений тоном:

— Никаких «но»!

У себя наверху София бросилась к одежному
шкафу.

— Не знаю почему, но как только я его увидела,
сразу представила, как провожу вечер за ветчиной с
картофельным пюре на пару с Рен, — заявила Матильда, любуясь в окно Лукасом.

— Прекрати! — прикрикнула на нее София. —
Не доставай меня, сейчас не время.

— Тебя достанешь, как же!

София схватила плащ и направилась к двери, не
отвечая подруге, проводившей ее словами:

— Любовные истории всегда хорошо кончаются.
Но только не у меня!

— Уймись ты! — не вытерпела София. — Я понятия не имею, о чем ты толкуешь.

— Знала бы моего прежнего бойфренда, то пони-
мала бы, что такое ад! Ладно, хорошего тебе вечера.

Рен водрузила горшок с кувшинкой на столик на
одной ножке и, полюбовавшись им, пробормотала:
«Годится!» Бросив взгляд на свое отражение в зеркале, она торопливо привела в порядок седые волосы

и подкралась к двери, чтобы просунуть в нее голову и шепотом предупредить Лукаса, расхаживающего взад-вперед по тротуару:

— Она идет!

Шаги Софии заставили ее отскочить от двери.

София подошла к сиреневому «Бьюику», на крышу которого опирался Лукас.

— Зачем вы приехали? Чего вы хотите?

— Второй попытки!

— Хорошего впечатления со второй попытки не создать.

— Сегодня вечером я был бы рад доказать вам, что вы ошибаетесь.

— Почему?

— Потому что.

— Коротковато для ответа!

— Потому что сегодня я опять побывал в Сосалито.

Впервые он показывал, что уязвим.

— Я не хотел, чтобы наступила темнота, — продолжил он. — Хотя нет, дело сложнее. «Не хотеть» всегда было мне свойственно, но здесь произошло наоборот: впервые я именно *захотел*!

— Чего вы захотели?

— Видеть вас, слушать вас, говорить с вами!

— Может быть, еще чего-нибудь? Найти доводы, которым я могла бы поверить?

— Позвольте мне пригласить вас поужинать. Не отказывайтесь!

— Я не голодна, — ответила она, пряча глаза.

— Вы никогда не бываете голодной. Просто я не все еще сказал...

Он распахнул дверь машины и с улыбкой закончил:

— Я знаю, кто вы.

София посмотрела на него и села в машину.

Матильда перестала оттибать край занавески. В эту же секунду то же самое произошло с занавеской на окне первого этажа.

Машина унеслась по безлюдной улице. Под мелким осенним дождиком они ехали молча. В этот раз Лукас не гнал. София смотрела в окно, пытаясь отыскать в небе ответы на свои вопросы.

— С какого времени вы это знаете? — спросила она.

— Уже несколько дней, — нехотя ответил Лукас, потирая подбородок.

— Час от часу не легче! И все это время вы помалкивали!

— Как и вы! Вы тоже ничего не говорили.

— Я не умею врать.

— А я не запрограммирован на то, чтобы говорить правду.

— Как не заподозрить, что вы все подстроили, что с самого начала мной манипулировали!

— Не надо себя недооценивать! И потом, не исключено, что все было наоборот. Для этого существуют все предпосылки. Теперешняя ситуация это только подтверждает.

— Какая ситуация?

— Эта ваша мягкость, такая странная и неотразимая! Вы и я в этой машине, едущей неизвестно куда.

— Что вы замышляете? — спросила София, рассеянно провожая взглядом торопящихся по мокрым тротуарам прохожих.

СЕМЬ ДНЕЙ ТВОРЕНИЯ

— Не имею ни малейшего понятия! Наверное, оставаться рядом с вами.

— Прекратите!

Лукас ударил по тормозам, машину поволокло по мокрому асфальту к светофору, под которым она замерла.

— Я проскучал всю ночь и весь день. Тоскуя, я решил прогуляться в Сосалито, но и там мне вас недоставало. Какое упоительное чувство!

— Вы не знаете истинного смысла этих слов.

— Раньше мне были ведомы только их антонимы.

— Брось свои ухаживания!

— Наконец-то! Как я мечтал, чтобы мы перешли на «ты»!

София не ответила. Зажегся зеленый глаз светофора, потом желтый, потом опять красный. «Дворники» боролись с дождем, усугубляя своим мерным стуком тишину.

— Какие еще ухаживания?! — возмутился Лукас.

— Я не сказала, что у вас плохо получается, — оговорилась София, качая головой. — Я просто сказала, что ты этим занимаешься, это разные вещи.

— Можно продолжать? — спросил Лукас.

— Сзади нам настойчиво мигают фарами.

— Пусть подождут, мы стоим на «красном».

— Ага, третий раз подряд под одним и тем же светофором!

— Не понимаю, что со мной творится, вообще ничего уже не понимаю, знаю только, что рядом с вами мне хорошо, хотя и эти слова не входят в мой лексикон.

Марк Леви

— Говорить подобные вещи еще рановато.

— Для правды существуют специальные моменты?

— Да, существуют!

— В таком случае мне без помощи не обойтись: искренность — это куда труднее, чем я думал.

— Да, быть честным трудно, Лукас, гораздо труднее, чем вы себе представляли, порой честность наталкивается на несправедливость и на неблагодарность, но отказаться от нее — все равно, что зрячему притворяться слепцом. Очень трудно все это вам объяснить... Мы с вами такие разные, даже *слишком* разные.

— Мы дополняем друг друга, — заявил он, полный надежды. — В этом я с вами согласен.

— Нет, просто мы *разные*!

— И вы произносите такие слова? А я поверил было...

— Вы теперь верующий?

— Перестаньте! Я воображал, что эта разница... Но нет, наверное, я ошибался, вернее, был прав, и это парадоксальным образом прискорбно!

Лукас вышел из машины, оставив открытой дверь. София бросилась за ним под дождь, из-за чего адресованных им пронзительных гудков стало вдесятеро больше. Она звала его, но он ее не слышал: дождик превратился в ливень. Наконец она его поймала, схватила за руку, он обернулся. Мокрые волосы прилипли к ее лицу, он убрал губами одну самую непокорную прядь, она его оттолкнула.

— Между нашими мирами нет ничего общего, мы по-разному верим, надеемся на разное, наши культуры так далеки друг от друга... Куда нам деваться, когда все против нас?

— Вы боитесь! — ответил он. — Да-да, от страха у вас поджилки трясутся. Вопреки своим собственным правилам вы отказываетесь смотреть правде в лицо — вы, толкующая об ослеплении и об искренности! Вы день напролет произносите красивые проповеди, но проповеди, не сопровождаемые делами, ничего не стоят. Не судите меня, я и впрямь ваша противоположность, у меня нет с вами ни малейшего сходства, но одновременно мы похожи, я — ваша вторая половина. Я не сумею описать вам свои чувства, так как мне неведомы слова для обозначения того, что меня уже два дня преследует до такой степени, что появляется надежда, что все может перемениться: мой мир, как вы говорите, ваш мир, их мир. Наплевать мне на мои прежние бои, на мои черные ночи и на мои воскресенья, я — бессмертный, впервые в жизни почувствовавший желание жить. Мы могли бы друг друга узнавать, открывать, в конце концов мы бы стали похожи... со временем.

София прикоснулась пальцем к его губам, прерывая его.

— Сколько нужно времени — два дня?

— ...И три ночи! Они стоят немалой части моей вечности, — сказал Лукас.

— Опять вы за свое!

В небе прогремел гром, ливень превратился в ужасную грозу. Он задрал голову и увидел ночь — такую черную, какой не бывало еще никогда.

— Скорее! — решительно произнес он. — Надо немедленно отсюда сматываться. У меня очень недоброе предчувствие.

И он, не дожидаясь согласия Софии, потащил ее за собой. Хлопок дверей — и он сорвался с места, отрываясь от машин, собравшихся позади него. После резкого поворота влево он устремился подальше от нескромных взглядов, в тоннель, пронзающий холм. Под землей оказалось пусто. Лукас помчался по правой полосе, ведущей в Чайнатаун. За стеклом замелькали неоновые светильники, в машине яркий свет с быстротой молнии чередовался с непроглядной тьмой. Вдруг дворники на лобовом стекле замерли.

— Что-то с контактом, — предположил Лукас. Словно в насмешку над его предположением в следующее мгновение лопнули лампы обеих фар.

— Контакты ни при чем, — сказала София. — Тормозите, ничего не видно!

— Я бы с радостью, — откликнулся Лукас, под ногой которого провалилась, не оказав ни малейшего сопротивления, тормозная педаль.

Он уже не давил на газ, но машина набрала такую скорость, что ни за что не остановилась бы, пока не вылетела бы из тоннеля на перекресток сразу шести широких улиц. Ему это ничем не грозило, он знал, что неуязвим, но София... Он покосился на нее, потом вдруг изо всех сил вцепился в руль и гаркнул:

— Пристегнитесь!

Уверенной рукой он направил автомобиль в ограждение под выложенной плиткой стеной тоннеля. В лобовое стекло ударил сноп искр. Раздались два взрыва: лопнули передние шины. Машина несколько раз перевернулась и перегородила дорогу. Решетка радиатора ударилась в разделительное заграждение, задняя ось задралась, «Бьюик» заскользил крышей по асфальту к выезду из тоннеля. София сжала кулаки, и машина замерла всего в нескольких метрах от перекрестка. Даже повиснув вниз головой, Лукас умудрился оглядеть Софию, чтобы убедиться, что она не пострадала.

— Вы целы? — спросила она его.

— Шутите? — Он стряхивал с пиджака пыль.

— Это называется «цепная реакция», — сказала София, ерзая в крайне неудобной позе.

— Вероятно, — согласился он. — Вылезаем, пока на нас не рухнет очередное звено. — И он ударом ноги открыл дверь.

Чтобы помочь Софии выбраться наружу, он обошел дымящийся кузов. Поставив ее на ноги, он схватил ее за руку и заставил бежать за ним к центру китайского квартала.

— Почему мы так бежим? — крикнула София, но он молча ускорил бег. — Отпустите хотя бы руку!

Лукас ослабил хватку. Они остановились посреди подозрительной улочки, освещенной тусклыми фонарями.

— Сюда! — Лукас указал на ближайший ресторанчик. — Здесь не так опасно.

— Что за опасность? Что происходит? Вы похожи на хитрого лиса, которого преследует свора гончих.

— Не задерживайтесь!

Лукас распахнул дверь, но София осталась стоять как вкопанная. Он подбежал к ней, чтобы затащить внутрь, она воспротивилась.

— Сейчас не время показывать характер! — Он потянул ее за руку. София вырвала руку и оттолкнула его.

— Сначала вы устраиваете аварию, потом заставляете меня бежать, как сумасшедшую, хотя нас никто не преследует. Я страшно запыхалась, вздохнуть не могу, а вы ничего не объясняете...

— Идемте со мной, сейчас не до споров.

— С какой стати я должна вам доверять?

Лукас попятился к двери ресторанчика. София поколебалась, потом пошла за ним. Помещение было маленькое, вмещавшее всего восемь столиков. Лукас выбрал столик в самой глубине, усадил ее и сел сам. Не открывая меню, поданное стариком в традиционном костюме, он вежливо, на безупречном китайском, попросил отвар, отсутствовавший в меню. Старик поклонился и исчез в кухне.

— Либо вы мне объясните, что происходит, либо я ухожу! — сказала София.

— Кажется, я получил предупреждение.

— Так это была не авария? Предупреждение о чем?

— О вас!

— Почему?!

Лукас набрал в легкие побольше воздуху и выпалил:

— ПОТОМУ ЧТО ОНИ ПРЕДУСМОТРЕЛИ **ВСЕ**, КРОМЕ ОДНОГО: ЧТО МЫ С ВАМИ ВСТРЕТИМСЯ!

София взяла из мисочки креветочный хвост и на глазах у изумленного Лукаса захрустела им. Он налил ей горячего чаю из принесенного стариком чайника.

— Мне так хочется вам верить! Но что сделали бы на моем месте вы?

Семь дней творения

— Встал бы и ушел...

— Опять вы за свое!

— ...причем предпочтительно через заднюю дверь.

— Вам хочется, чтобы я так поступила?

— Именно! Только не оглядывайтесь! На счет «три» вскакиваем и убегаем за занавеску. Раз-два-три!

Он схватил ее за руку и бесцеремонно поволок за собой. В кухне он распахнул плечом дверь, выходившую в маленький дворик. Чтобы преградить преследователям путь, он опрокинул мусорный бак, колеса которого противно заскрипели. София наконец поняла: в темноте вырисовывался силуэт, его тень была снабжена нацеленным на них автоматным дулом. У Софии было еще несколько секунд, чтобы понять, что их окружают три стены. Потом тишину разорвали пять выстрелов.

Лукас толкнул ее и загородил собой. Она хотела его отпихнуть, но он прочно прижал ее к стенке.

Первая пуля отрикошетила от стены и зацепила ему бедро. Вторая задела тазобедренную кость, у него подкосились колени, но он тут же выпрямился. Третья скользнула по ребрам, оставив длинный след. Четвертая ударила его в середину позвоночника, от этого у него перехватило дыхание, он с трудом его восстановил. Когда его настигла пятая пуля, то ему показалось, что его обожгло огнем: эта пуля вошла глубоко, и не куда-нибудь, а под левую ключицу.

Стрелявшего как ветром сдуло. Эхо очереди стихло, теперь тишину нарушало только дыхание

187

Софии. Она подпирала Лукаса собой, его голова лежала у нее на плече. Казалось, и с закрытыми глазами он продолжает ей улыбаться.

— Лукас! — сказала она ему прямо в ухо. Он не ответил, она тряхнула его сильнее. — Лукас, бросьте дурачиться, откройте глаза!

Теперь его можно было принять за спящего, за младенца, погруженного в невинное забытье. Ей стало страшно, но она взяла себя в руки. По ее щеке сползла слеза, в груди что-то невыносимо сжалось. К горлу подступила тошнота.

— Этого не должно было случиться, ведь мы…

— ...уже мертвы... неуязвимы... бессмертны? Да! Худа без добра не бывает. Не правда ли? — Он выпрямился и стал почти что весел.

София смотрела на него, не в силах разобраться в собственном состоянии. Он медленно приблизил лицо к ее лицу, она попыталась отстраниться, но губы Лукаса соприкоснулись с ее губами. Поцелуй оставил опиумный привкус. Она отшатнулась, глядя на его окровавленную ладонь.

— Почему у тебя идет кровь?

Лукас посмотрел на стекающую по руке струйку.

— Это совершенно невозможно, этого тоже не предусмотрели, — проговорил он — и лишился чувств. Она напрягла все силы и не дала ему упасть.

— Что с нами происходит? — спросил Лукас, приходя в себя.

— Со мной — что-то слишком сложное! Что касается тебя, то ты схлопотал пулю в плечо.

— Мне больно!

— Возможно, это кажется тебе нелогичным, но вообще-то так и должно быть. Я отвезу тебя в больницу.

— Ни за что!

— Лукас, у меня нет никаких медицинских познаний в демонологии, но, судя по всему, у тебя внутри течет кровь, и сейчас ты ее теряешь.

— Я знаю кое-кого на другом конце города, там мне зашьют рану, — сказал он, трогая место, куда вошла пуля.

— Я тоже кое-кого знаю. Придется тебе прекратить спор и послушаться меня, вечер и так получился беспокойный. Хватит с меня волнений!

Она вывела его на улицу, подпирая плечом. Неподалеку, в куче мусора, неподвижно лежал стрелявший в них человек.

— У меня все-таки есть какое-то самолюбие! — сказал Лукас, проходя мимо.

Они остановили такси и через десять минут подъехали в ее дому. Ведя Лукаса к крыльцу, София жестом потребовала, чтобы он не шумел. С бесчисленными предосторожностями она отперла дверь, и они крадучись поднялись по лестнице. Когда они миновали последнюю ступеньку, дверь Рен бесшумно затворилась.

* * *

Блез, едва живой от страха, выключил свой монитор. Его ладони и лоб были еще мокрее, чем обычно. Он дождался звонка, схватил трубку и выслушал не слишком приветливое приглашение Люцифера явиться на заседание кризисного комитета, который соберется на исходе восточной ночи.

— В твоих интересах не опаздывать и порадовать нас предложениями и новыми определениями понятия «все предусмотрено»! — С этими словами Президент бросил трубку.

Блез сжал ладонями голову и, дрожа всем телом, снова взял трубку, норовившую выскользнуть из его потных рук.

* * *

Михаил смотрел на стену из экранов перед собой. Сняв трубку, он набрал прямой номер Хьюстона. На том конце включился автоответчик. Михаил пожал плечами и посмотрел на часы. В Гвиане через десять минут должен был состояться запуск ракеты «Ариан-V».

* * *

Устроив Лукаса в кровати и зафиксировав ему плечо двумя подушками, София удалилась в гардеробную. Там она схватила шкатулку со швейными принадлежностями, в шкафчике-аптечке в ванной нашла пузырек со спиртом и бегом вернулась в свою комнату. Подсела к Лукасу, свинтила с пузырька колпачок, намочила спиртом нитку и попыталась вдеть ее в иголочное ушко.

— Как бы ты меня не убила своей штопкой, — проговорил Лукас с улыбкой. — Ты дрожишь!

— Ничего подобного! — И она торжествующе показала иголку со вдетой ниткой.

Семь дней творения

Лукас ласково отодвинул от себя руку Софии, погладил ее по щеке, привлек к себе.

— Я боюсь скомпрометировать тебя своим присутствием.

— Не скрою, вечера в твоем обществе крайне рискованны.

— Моему работодателю приходится полагаться на случай.

— Почему в тебя стреляли?

— Наверное, чтобы испытать меня и прийти к тем же выводам, которые сделала ты. На мне не должно было появиться ран. Общаясь с тобой, я теряю свою силу. Остается молиться, чтобы с тобой происходило то же самое.

— Что ты собираешься предпринять?

— Напасть на тебя он не посмеет. Твоя ангельская неприкосновенность наводит на размышления.

София заглянула Лукасу в глаза.

— Я говорю не об этом. Что с нами будет через два дня?

Он провел кончиком пальца по губам Софии, она не стала сопротивляться.

— О чем ты думаешь? — взволнованно спросила она, снова берясь за иголку.

— В день падения Берлинской стены люди по обеим ее сторонам обнаружили, что похожи друг на друга. С обеих сторон стояли дома, ездили машины, по вечерам на всех улицах загорались фонари. Они бывали счастливы и несчастливы по разным причинам, но дети Запада и Востока поняли, что с другой стороны все не так, как им раньше втолковывали.

— Почему ты это говоришь?

— Потому что слышу виолончель Ростроповича.

— Что она играет? — спросила она, заканчивая третий шов.

— Я впервые ее слушаю! К тому же ты делаешь мне больно...

София нагнулась к Лукасу, чтобы перекусить зубами нитку. Потом, прижавшись лбом к его плечу, застыла. Их объединяла тишина. Лукас погладил здоровой рукой волосы Софии. От его ласки она затрепетала.

— Два дня — это так мало!

— Мало, — шепотом согласился он.

— Нас разлучат. Это неизбежно.

Впервые оба, София и Лукас, устрашились вечности.

— Может быть, попробовать договориться, чтобы тебя отпустили со мной? — робко молвила София.

— Переговоры с Президентом невозможны, особенно когда его провели. И вообще, я очень боюсь, что доступ в твой мир для меня невозможен.

— Но раньше существовали места перехода между Востоком и Западом... — начала она, приближая кончик иголки к краю раны.

Лукас поморщился и вскрикнул.

— Вот неженка! Я до тебя почти не дотронулась! Дай закончить начатое.

Дверь резко распахнулась. Вошла Матильда, опиравшаяся за неимением костыля на швабру.

— Я не виновата, что у тебя здесь бумажные стены! — заявила она, прыгая к ним. Сев на кровать, она приказала Софии: — Давай сюда иголку! А ты, — обратилась она к Лукасу, — сядь поближе. Тебе ужасно повезло, я левша!

СЕМЬ ДНЕЙ ТВОРЕНИЯ

И она умело завершила наложение швов. Всего их потребовалось шесть — три спереди и три на спине.

— Два года за прилавком в злачном месте — отличный способ набить руку в ремесле сестры милосердия, особенно когда ты влюблена во владельца. Кстати, прежде чем пойти спать, я должна кое-что сказать вам обоим. После этого я очень постараюсь внушить себе, что я сплю, и пусть завтра утром я буду хохотать до упаду, вспоминая сон, который мне сейчас снится.

Опираясь на свой импровизированный костыль, Матильда запрыгала к двери. Прежде чем выйти, она оглянулась на подругу и ее друга.

— Не важно, ошибаетесь вы на свой счет или нет. До встречи с тобой, София, я думала, что настоящее счастье на этой земле встречается только в глупых книжках, этим они как будто и отличались. Но однажды ты мне сказала, что даже у самого худшего из нас где-то спрятаны крылышки и надо помочь ему их раскрыть, а не осуждать его. Воспользуйся своим шансом! Если бы мне попался такой, как он, то будь уверена, старушка, я бы его не выпустила. А ты, раненый верзила, заруби себе на носу: если выдерешь у нее хоть одно перышко, я расковыряю твою рану вязальной иглой! И не надо таких гримас, слышите? Что бы на вашу долю ни выпало, я категорически запрещаю вам опускать руки. Если вы откажетесь от борьбы, то мир пошатнется — по крайней мере, мой!

Дверь за ней захлопнулась. Лукас и София не проронили ни слова. Они услышали ее шаги по паркету гостиной. Уже со своей кровати Матильда крикнула:

— Помнишь, я тебе говорила, что ты изображаешь из себя недотрогу, прямо ангелочка какого-то? Как видишь, я не так уж ошибалась!

Она решительно выключила настольную лампу. Во все темные окна дома просачивался сквозь занавески лунный свет. Матильда накрыла голову подушкой. У себя в комнате София прильнула у Лукасу.

Через приоткрытое окно ванной комнаты было слышно, как колокола собора Божьей Милости раскатисто бьют двенадцать раз.

И была ночь, и было утро...

Семь дней творения

ДЕНЬ ПЯТЫЙ

Рассвет пятого дня застал обоих спящими. В открытое окно вместе с утренней свежестью проникали осенние ароматы. София прижималась к Лукасу. Стон Матильды нарушил ее тревожный сон. Она потянулась — и тут же замерла, вспомнив, что лежит не одна. Она медленно отодвинула одеяло и оделась в то, в чем была накануне. В гостиную она прокралась на цыпочках.

— Тебе плохо?

— Просто неудачная поза, приступ боли. Прости, я не хотела тебя будить.

— Ничего страшного, я и не спала толком. Я напою тебя чаем.

София шагнула в кухонный отсек. Матильда проводила ее хмурым взглядом.

— Ты заработала горячий шоколад! — сказала ей София, открывая холодильник.

Матильда отодвинула занавеску. Улица была еще пустой, только из одной двери выходил с собакой на поводке человек.

— С радостью завела бы лабрадора, но при одной мысли о том, что его придется каждое утро выгуливать, меня охватывает такая тоска, что впору садиться на внутривенный «Прозак», — сказала Матильда, отворачиваясь от окна.

— Мы ответственны за того, кого приручили. Это не я придумала, — сказала София.

— Молодец, что уточнила! Какие у вас планы?

— Мы с ним знакомы всего два дня. Напоминаю, его зовут Лукас. Никаких планов.

— Нет, так нельзя, когда люди вдвоем, у них обязательно должны быть планы.

— Откуда ты это взяла?

— Знаю, и все. Существуют представления о счастье, на которые нельзя покушаться. Это как детские картинки: раскрашивай, но ничего не меняй! Один плюс один равняется двум, двое — это пара, а пара — это совместные проекты. Так и никак иначе!

София засмеялась. В кастрюльке поднялось молоко, она налила его в чашку, насыпала и медленно размешала растворимый шоколадный порошок.

— Держи! Лучше пей и не болтай глупости. — Она сунула подруге в руки горячую чашку. — Где ты разглядела пару?

— Вот несносная! Три года я только и слышу от тебя: «любовь», «любовь»! Что толку от твоих сказок, если ты сама в первый же день съемок отказываешься от роли сказочной принцессы?

— Какая романтичная метафора!

— Представь себе! Лучше иди и займись метафорами с ним. Предупреждаю, если ты ничего не сделаешь, я бесстыдно уведу его у тебя, вот только нога заживет!

— Это мы еще посмотрим. Положение не такое простое, как кажется.

— Ты видала когда-нибудь простые любовные истории? София, мне надоело видеть твое одиночество! Ты сама мне говорила: «Мы сами — творцы своего блаженства!» Так вот, старушка, в твоем блаженстве метр восемьдесят пять роста и где-то семьдесят восемь килограммов мышц. Очень тебя прошу, не шарахайся от счастья, это оно самое, его параметры!

— Плутовка и бесстыдница!

— Элементарный прагматизм! Думаю, «блаженство» сейчас очнется, вот и ступай к нему. Дай мне хотя бы немного побыть одной! Проваливай из гостиной, живо!

София удалилась в свою спальню, качая головой. Сидя на краю кровати, она дождалась пробуждения Лукаса. Он потягивался и зевал, как кот после сладкого сна. Стоило ему приоткрыть глаза, как он расплылся в улыбке.

— Ты давно здесь сидишь?

— Как твоя рука?

— Почти ничего не чувствую, — ответил он. Попытка покрутить плечом закончилась гримасой боли.

— Выйди из образа мачо и ответь опять: как твоя рука?

— Зверская боль!

— Тогда лежи. Я хотела чего-нибудь тебе приготовить, но я ведь не знаю, что представляет собой твой завтрак.

— Пару десятков блинов и столько же круассанов.

— Кофе или чай? — спросила она, вставая.

Взгляд Лукаса посуровел. Он поймал ее руку и притянул ее к себе.

— С тобой уже так бывало: тебе кажется, что тебе суждено одиночество, что комната, где ты сидишь взаперти, стремительно уменьшается, что твоя одежда обветшала всего за одну ночь, что во всех зеркалах отражается одно твое горе, единственный зритель которого — ты сама, тебе худо, ты уверена, что тебя никто не любит и что сама ты никого не любишь, что вся эта пустота — ничтожество твоего собственного существования?

София провела пальцами по губам Лукаса.

— Не думай так!

— Тогда не оставляй меня.

— Я хотела сварить тебе кофе, вот и все. — Она наклонилась к нему. — Не знаю, существует ли выход, но мы его обязательно найдем.

— Нельзя позволить плечу онеметь. Иди в душ, я займусь завтраком сам.

Она охотно приняла предложение и убежала. Лукас взглянул на свою рубашку, висевшую на спинке кровати: один рукав был в почерневшей крови. Он оторвал его. Потом подошел к окну, распахнул его, оглядел море крыш. Над заливом, словно в ответ на колокола собора Божьей Милости, разнесся гудок туманного горна большого сухогруза. Он скомкал испачканный кровью рукав, зашвырнул его подальше и закрыл окно. Подойдя к двери ванной, он припал к ней ухом. Журчание воды подбодрило его, он глубоко вздохнул и вышел из комнаты.

СЕМЬ ДНЕЙ ТВОРЕНИЯ

— Я займусь кофе, варить на вашу долю? — спросил он Матильду.

Она показала ему чашку с горячим шоколадом.

— Я отказалась от всех возбуждающих средств, но от блинов не откажусь. С меня хватит десяти процентов вашей утренней дозы.

— Не больше пяти, и то при условии, если вы мне скажете, где спрятан кофейник.

— Лукас, вчера вечером до меня долетели обрывки вашего разговора. Мне хотелось себя ущипнуть, чтобы убедиться, что это не сон. Когда я была наркоманкой, мне и не такое грезилось, но не думаю, чтобы аспирин мог порождать подобные глюки. Так о чем у вас шла речь?

— Мы много выпили и болтали всякие глупости. Не беспокойтесь, можете и впредь принимать болеутоляющие средства, не опасаясь побочных явлений.

Матильда выразительно перевела взгляд на пиджак, бывший на Лукасе накануне, а теперь висевший на спинке кресла: спина пиджака была продырявлена пулями.

— Выпивка всегда сопровождается у вас пальбой по птичкам?

— Всегда, — подтвердил он, открывая дверь спальни.

— Для бронежилета пиджачок скроен неплохо. Жаль, что портной забыл защитить плечи.

— Я укажу ему на это упущение, не сомневайтесь.

— Нисколько не сомневаюсь. Удачного пребывания в душе!

Появилась Рен с газетой и с большим пакетом пирожных. То и другое она положила на стол, глядя на Матильду.

— Приходится заботиться о завтраке в моем маленьком пансионе, надо же думать о будущей клиентуре! Где голубки?

— В спальне! — Матильда закатила глаза.

— Когда я ей сказала, что противоположность всему — ничто, она поняла меня буквально.

— Вы еще не видели это животное с голым торсом!

— Не видела, но в моем возрасте, знаешь ли, что мужчина, что шимпанзе — все едино. — Рен выкладывала сласти на большую тарелку, удивленно поглядывая на пиджак Лукаса. — Попроси их не ходить в химчистку на углу — я хочу пользоваться ею и дальше. Все, спускаюсь вниз!

София и Лукас сели за стол, чтобы позавтракать вместе с Матильдой. Когда Лукас расправился с последней венской булочкой, Матильду снова устроили на ее кровати, в кухоньке навели порядок. София решила везти Лукаса с собой — ее день начинался в порту. Она взяла с вешалки плащ, Лукас с отвращением взглянул на свой обезображенный пиджак. Матильда высказала мнение, что рубашка с одним рукавом — это для их района чересчур оригинально. У нее в запасе имелась мужская рубашка, и она была не против одолжить ее Лукасу, но при условии, что тот вернет ее назад в прежнем состоянии. Он пообещал, что так и сделает, и поблагодарил Матильду за помощь. Через несколько минут, когда они уже были готовы выйти на улицу, их окликнула Рен. Глядя на Лукаса, она укоризненно качала головой.

— Вы вправе гордиться своим телосложением, но так недолго и простудиться. Лучше не рисковать. Идите за мной!

У себя она открыла старый шкаф. Деревянная дверь издала протяжный скрип. Порывшись, Рен достала пиджак на вешалке и протянула Лукасу.

— Не первой молодости, конечно, но клетка никогда не выйдет из моды, к тому же ничто так не сохраняет тепло, как твид!

Она помогла Лукасу надеть пиджак, который оказался словно на него сшит и пришелся совершенно впору. Покосившись на Софию, Рен сказала:

— Лучше не допытывайся, кому он принадлежал, хорошо? В моем возрасте человек поступает со своими воспоминаниями так, как ему вздумается.

Она вдруг поморщилась и схватилась за каминную полку, чтобы не упасть. София бросилась к ней.

— Что с вами, Рен?

— Ничего особенного, просто живот скрутило, не беспокойся!

— Вы так побледнели! У вас очень изнуренный вид.

— Я уже лет десять не загорала. Что до вида, то в моем возрасте часто просыпаешься уже уставшей. Не тревожься за меня!

— Может быть, отвезти вас к врачу?

— Только этого не хватало! Пусть все сидят по домам: врачи у себя, я у себя. Это единственное условие, при котором мне удается с ними ладить.

Она помахала им рукой, словно говоря: «Не задерживайтесь, видно, что оба вы спешите!». Но София не торопилась ей подчиняться.

— София...

— Что, Рен?

— Помнишь, тебе очень хотелось посмотреть один альбом... Так вот, я бы с радостью тебе его показала. Но это не совсем обычные фотографии, их нужно смотреть при свете заката. Он лучше всего им подходит.

— Как хотите, Рен.

— Тогда я жду тебя к пяти часам. Не опаздывай, я на тебя надеюсь!

— Я буду вовремя, обещаю!

— А теперь брысь отсюда, оба, я уже достаточно вас задержала своими старческими россказнями. Осторожнее с пиджаком, Лукас, мужчина, носивший его, был мне дороже всех.

Когда машина отъехала, Рен отпустила край занавески на окне и пробормотала себе под нос, поправляя стебли в одном из букетов на столе:

— Даешь кров и пищу, а получаешь одно грязное белье!

София и Лукас ехали по Калифорния-стрит. На светофоре на пересечении с Полк-стрит с ними поравнялась машина инспектора Пильгеса. София опустила стекло, чтобы с ним поздороваться. Полицейский слушал треск своей бортовой рации.

— Небывалая неделя! Все словно с ума посходили: уже пятая драка в Чайнатауне! Я поехал, хорошего вам дня. — И инспектор сорвался с места.

Семь дней творения

Машина полицейского под рев сирены свернула налево, их машина затормозила спустя десять минут у пристани № 80. Старый корабль по-прежнему покачивался у берега на причальных тросах.

— Возможно, я нашла способ помешать неотвратимому: взять с собой тебя! — заявила София.

— Куда это? — с подозрением спросил Лукас.

— К своим! Поехали, Лукас!

— Каким образом? Милостью Духа Святого?

— Когда не хочешь возвращаться к прежнему хозяину, то надо совершить диаметрально противоположное тому, чего от тебя ждут. Сделай разворот!

— Ты читала мое личное дело? Думаешь, его можно превратить в ничто или переписать за двое суток? Неужели ты воображаешь, что твоя семейка встретит меня с распростертыми объятиями и наилучшими намерениями? Не успею я переступить через порог твоего дома, как на меня набросится орава стражников, чтобы выпроводить туда, откуда я явился. Сомневаюсь, что они отправят меня туда первым классом.

— Я отдавала всю свою душу другим, убеждая их не смиряться с судьбой. Теперь моя очередь вкусить блаженства, мой черед побыть счастливой. Заслуженный рай — быть вдвоем, и я его достойна.

— Ты требуешь невозможного, их сопротивление слишком велико, никогда они не позволят нам любить друг друга.

— Хватило бы крохотной надежды, просто знака... Ты один можешь решить измениться, Лукас. Докажи им серьезность твоих намерений.

— Как бы мне хотелось, чтобы так оно и было, чтобы это оказалось так просто!

— А ты попробуй, прошу тебя!

Оба замолчали. Лукас сделал несколько шагов в сторону огромной ржавой посудины. При каждом стоне швартовов, то натягивавшихся, то опадавших, «Вальпараисо» становился похож на зверя, пытающегося вырваться на свободу, уйти в синеву открытого океана.

— Мне страшно, София...

— Мне тоже. Позволь мне проводить тебя в мой мир, я буду помогать тебе делать каждый шаг, я угадаю твои сны, сотку твои ночи, я всегда буду рядом с тобой. Я сотру все начертанные судьбы, исцелю все раны. Когда тебя охватит ярость, я свяжу тебе руки за спиной, чтобы ты не причинил себе вреда, я залеплю твой рот поцелуем, чтобы заглушить твои крики. Все будет по-новому. Если ты почувствуешь одиночество, то одиноко будет нам обоим.

Он обнял ее, коснулся губами щеки, приласкал ей ухо своим низким голосом.

— Если бы ты знала, какими путями я шел к тебе! Я пребывал в неведении, София, я так часто ошибался, но всякий раз начинал снова еще радостнее, с еще большей гордостью. Мне бы хотелось, чтобы наше время остановилось, хотелось бы по-настоящему прожить его, чтобы познать тебя, любить тебя так, как ты заслуживаешь, но это время связывает нас, не принадлежа нам. Я из другого общества, где все — одно. Я — зло, ты — добро, я — твоя противоположность, но я думаю, что люблю тебя, поэтому проси, чего хочешь.

Семь дней творения

— Доверия!

Они покинули порт и поехали вверх по Третьей стрит. София искала оживленную городскую артерию, место побойчее, где тесно людям и машинам.

* * *

Блез вполз в большой кабинет растерянный и бледный.

— Явился учить меня шахматам? — крикнул Президент, расхаживавший перед бескрайним окном. — Напомни мне, что значит «мат»?

Блез потянул к себе большое черное кресло.

— Не смей садиться, кретин! Хотя нет, лучше сядь, чем меньше я тебя вижу, тем лучше себя чувствую. Вернемся к сложившейся ситуации: наша элита переметнулась на чужую сторону?

— Президент...

— Заткнись! Разве я приказывал тебе говорить? Разве мой рот давал понять, что мои уши соскучились по твоему гнусавому голосу?

— Я...

— Сказано, заткнись! — Это был уже не крик, а настоящий рев, от которого Блез стал сантиметров на пять короче.

— О том чтобы нам его лишиться, не может быть и речи, — заговорил Президент. — О поражении тоже. Я ждал этой недели целую вечность и не позволю тебе все испортить, ничтожество! Не знаю, как ты определял для себя ад до этого момента, но у меня готово для тебя новое его определение! Нет, молчи! Чтобы я не видел движения твоих жирных губ! У тебя есть план?

Блез схватил листок и торопливо нацарапал несколько строчек. Президент забрал записку и ушел с ней к дальнему краю стола. Раз победа недостижима, партию можно прервать, чтобы позднее переиграть. Блез предлагал срочно отозвать Лукаса. Люцифер гневно скомкал бумажку и швырнул ею в Блеза.

— Лукас очень дорого заплатит мне за это! Чтобы он был здесь до наступления ночи! И не вздумай опростоволоситься на этот раз!

— Добровольно он не вернется.

— Намекаешь, что его воля сильнее моей?

— Я всего лишь намекаю, что он охотнее расстанется с жизнью, чем...

— Ты забыл маленькую подробность, болван: это давным-давно произошло!

— Если его смогла поразить пуля, значит, существуют другие способы его достать.

— Так найди их, а не болтай!

Блез испарился из кабинета. Был полдень, ночь наступала всего через пять часов, времени на изменение условий чудовищного контракта было в обрез. В организации убийства лучшего агента ничего нельзя было оставлять на волю случая.

* * *

«Форд» остановился на открытом месте, на перекрестке улиц Полк и Калифорния. В этот час автомобили двигались непрерывным потоком. София высмотрела пожилого мужчину с палочкой, замешкавшегося перед «зеброй» пешеходного перехода. Преодолеть на разрешающий сигнал светофора все четыре полосы он вряд ли успел бы.

— Что теперь? — уныло осведомился Лукас.

— Помоги ему! — сказала София, указывая на старика-пешехода.

— Ты шутишь?

— Нисколько!

— Ты хочешь, чтобы я помог этому старикашке перейти улицу? Не очень трудное задание...

— Тогда вперед!

— Запросто!

Лукас неуверенно направился к старику, приблизился к нему — и тут же вернулся.

— Не пойму, какой в этом смысл...

— Предпочитаешь для начала улучшить настроение пациентам больницы? Это тоже нетрудно, всего-то помогаешь им приводить себя в порядок, справляешься, что у них новенького, убеждаешь, что их здоровье идет на поправку, сидишь на стуле и читаешь им газетку...

— Хватит! Он еще не ступил на мостовую?

Лукас опять ушел — и опять вернулся.

— Предупреждаю тебя: если вон тот сопляк напротив, ковыряющийся со своим мобильником с цифровой камерой, сделает хотя бы один снимок, я ему отвешу такой пинок, что он превратится в искусственный спутник Земли!

— Лукас!

— Иду, иду!

И он бесцеремонно взял старичка под локоть. Тот в изумлении воззрился на незваного доброхота.

— Ты что, притащился сюда считать машины? Держи крепче свою тросточку, иначе брошу тебя одного посередине Калифорния-стрит!

Парочка, дождавшись остановки машин, вышла на мостовую. Уже на второй полосе у Лукаса взмок лоб, на третьей ему показалось, что бедра ему облепили муравьи, на четвертой его скрутила сильная судорога. Сердце отчаянно колотилось, легкие разрывались от нехватки воздуха. До середины проезжей части оставалось еще несколько шагов, а Лукас уже задыхался. Его лицо соревновалось в окраске с зеленым сигналом светофора.

— Вам нехорошо, молодой человек? — спросил его старый подопечный. — Хотите, я сам помогу вам перейти на другую сторону? Не отпускайте мою руку, тут уже недалеко.

Лукас схватил протянутый старичком бумажный платок и вытер лоб.

— Не могу! — пролепетал он. — Ничего не получится! Мне очень жаль, жаль, жаль!

И он, бросив старика на «островке безопасности» посреди мостовой, бегом вернулся к машине. София сидела на капоте, скрестив руки на груди.

— Решил оставить его там?

— Иначе я бы там подох!

Она не дослушала даже этот короткий ответ и ринулась в автомобильную кашу, не обращая внимания на истошные гудки. Подбежав к старику, она выпалила:

— Мне страшно стыдно! Он новичок, это его первая попытка!

СЕМЬ ДНЕЙ ТВОРЕНИЯ

Старик чесал в затылке, удивленно глядя на Софию. Когда поток машин снова замер перед светофором, Лукас воспользовался затишьем, чтобы крикнуть:

— Брось его там!

— Ты что?!

— То, что слышала! Я проделал ради тебя одну половину пути, теперь твоя очередь проделать вторую ради меня. Оставь его там!

— Ты рехнулся?

— Логика! Я вычитал в великолепной книге Хилтона, что любить — это все делить на двоих, делать шаги друг другу навстречу! Ты потребовала от меня невозможного, и я это сделал ради тебя. Теперь и ты откажись от частицы своей натуры. Оставь этого человека посреди улицы. Либо старикан, либо я!

Старичок похлопал Софию по плечу.

— Простите, что прерываю, но из-за этих ваших разговоров я пропущу светофор. Ответьте своему приятелю!

И, не желая больше ждать, он самостоятельно пробежал остаток пути.

София вернулась к Лукасу, опиравшемуся на машину. Взор ее был печален. Он распахнул для нее дверь, подождал, пока она усядется, сам сел за руль. Но «Форд» не тронулся с места.

— Не смотри на меня так, я искренне огорчен, что не смог дойти до конца, — сказал он.

Она глубоко вздохнула и задумчиво ответила:

— Чтобы дерево выросло, нужно сто лет, а сгореть оно может в считаные минуты...

— Не спорю. Что ты хочешь этим сказать?

— Я перееду в твой дом. Ты сам отвезешь меня туда, Лукас.

— Даже не думай!

— Представь, я не только думаю об этом, я уже решила!

— Я этого не допущу!

— Я еду с тобой, Лукас, и точка.

— Ничего у тебя не выйдет!

— Ты сам мне говорил, что не надо себя недооценивать. Парадокс, конечно, но твои собратья встретят меня с распростертыми объятиями. Научи меня злу, Лукас!

Он долго любовался ее несравненной красотой. Затерянная в безмолвии между двумя мирами, она бесстрашно настаивала на путешествии в неизвестность. Впервые желание пересиливало любые последствия, впервые любовь шла наперекор всему, что она раньше могла вообразить. Лукас тронулся с места и, набирая скорость, устремился в Даунтаун.

* * *

Трясясь от волнения, Блез схватил телефонную трубку и пробормотал, чтобы его соединили с Президентом, вернее, чтобы предупредили, что он скоро будет у него. Он вытер ладони о штаны, вынул из диктофона кассету. Торопливо семеня на коротких ножках по коридору, Блез сильно смахивал на утку. Он постучал в дверь и сразу ввалился в кабинет Президента, который тут же предостерегающе поднял руку.

СЕМЬ ДНЕЙ ТВОРЕНИЯ

— Молчи! Я уже знаю!

— Я был прав! — не смог не похвалиться Блез.

— Возможно, — признал Президент надменным тоном.

От восторга Блез даже подпрыгнул и со всей силы ударил кулаком в ладонь.

— Будет вам шах и мат! — ликующе провозгласил он. — Я все правильно рассчитал, Лукас — настоящий гений! Он перевербовал их элиту. Вот это победа! — Сглотнув, Блез продолжил: — Надо немедленно прервать процедуру, но для этого мне необходима ваша подпись.

Люцифер встал и прошелся перед окном.

— Мой бедный Блез, ты так глуп, что я иногда удивляюсь, каким образом ты вообще здесь очутился. Во сколько будет осуществлен наш контракт?

— Взрыв назначен на семнадцать часов ровно, — доложил Блез, трепетно сверившись с часами. Чтобы отменить операцию, так тщательно подготовленную самим Блезом, оставалось сорок две минуты. — Нельзя терять ни секунды, Президент!

— У нас полно времени, мы добьемся победы без малейшего риска. Мы ничего не изменим, кроме одного... — Сатана потер подбородок. — Ровно в пять часов мы вернем их обоих!

— Как на это прореагирует наш противник? — спросил в смятении Блез.

— Случайность есть случайность! Насколько я знаю, неожиданность — не мое изобретение. Готовь им прием, в твоем распоряжении всего сорок минут.

МАРК ЛЕВИ

* * *

Перекресток Бродвея и Колумбус-авеню всегда был местом средоточия людского порока: здесь, вдали от чужих взоров, торжествовали наркотики, отчаявшиеся в жизни женщины и мужчины покупали и продавали человеческую плоть. Лукас затормозил перед устьем узкой темной улочки. Под полуразвалившейся лестницей сутенер преподавал молодой проститутке суровый урок с применением грубой кулачной силы.

— Полюбуйся! — начал Лукас. — Перед тобой мой мир, обратная сторона человеческой натуры — та, с которой ты стремишься бороться. Поищи-ка крупицу доброты в этой свалке зловонных нечистот, открой пошире глаза — и ты увидишь гниль, вырождение, насилие в чистом виде. Шлюха, испускающая в твоем присутствии дух, охотно позволяла осквернять себя кому попало, не думала сопротивляться покупавшим ее подонкам. Она подобна самой Земле: еще несколько мгновений жизни, еще несколько ударов — и ее падшая душа отлетит. Вот сущность связывающего нас страшного пари. Ты пожелала, чтобы я научил тебя злу, София? Достаточно одного-единственного урока, чтобы ты постигла его во всей полноте и навсегда себя запятнала. Ступай туда и не вмешивайся! Ты увидишь: ничего не предпринимать — это так просто! Делай, как они, иди своей дорогой, не отвлекаясь на чужое горе. Я подожду тебя на той стороне. Ты придешь туда преображенная. Это переход между двумя мирами, пройдя его, теряешь надежду на возвращение.

СЕМЬ ДНЕЙ ТВОРЕНИЯ

София вышла из машины, и Лукас сразу укатил. Она ступила во тьму, каждый шаг давался ей со все большим трудом. Она смотрела вдаль и сопротивлялась изо всех сил. Улочка протянулась в бесконечность, ноги вязли в отбросах, тротуар горбился и зиял гибельными рытвинами.

У закопченной серой стены проститутка Сара безропотно принимала сыплющиеся на нее удары. Рот ее был разбит и обильно кровоточил, лицо заливала черная, как бездна, кровь, голова безвольно моталась, как у китайского болванчика, спина представляла собой сплошную рану, ребра оглушительно трещали под безжалостными ударами. И вдруг она воспряла, стала сопротивляться. Она уже боролась за то, чтобы не рухнуть, чтобы устоять на ногах, чтобы пинки в живот окончательно не выбили из нее жизнь. От удара кулаком в челюсть она стукнулась затылком о стену, и этот удар отозвался в голове у Софии оглушительным тошнотворным эхом.

Сара увидела ее, и это стало последним лучом надежды, чудом, явившимся ей в награду за сохраненную, невзирая ни на что, веру в Бога. София стиснула зубы, сжала кулаки, пошла дальше своей дорогой... но не смогла не замедлить шаг. У нее за спиной несчастная рухнула коленями на асфальт, уже не находя сил даже на стон. София нс увидела, как кулак сутенера взлетел, подобно смертоносной палице, над обреченным затылком. Сквозь туман слез, борясь с небывалым приступом тошноты, она разглядела в конце улочки Лукаса, поджидавшего ее со сложенными на груди руками.

Она остановилась, все ее существо окаменело, она выкрикнула его имя. Крик боли, сила которого потрясла ее саму, разорвал тишину, наполнил бездну отчаяния. Никто не заметил, как остановилось время. Лукас устремился на зов, миновал Софию, опрокинул сутенера наземь. Тот тут же вскочил и бросился на него, но сила Лукаса была ни с чем не сравнима, и нападавший рухнул как подкошенный. Вся кровь разом хлынула из него наружу, но он успел перед смертью испытать наивысший ужас посрамленного высокомерия.

Лукас наклонился над безжизненной Сарой, пощупал ей пульс, поднял ее на руках.

— Скорее! — нежно обратился он к Софии. — Нельзя терять времени, ты лучше всех знаешь дорогу к больнице. Я сяду за руль, а ты покажешь мне, куда ехать. Ты не в том состоянии, чтобы вести самой.

Они положили женщину на заднее сиденье. София достала из «бардачка» мигалку и включила сирену. Часы показывали половину пятого. «Форд» устремился к Мемориальному госпиталю Сан-Франциско. Езды до него было менее четверти часа.

В приемном отделении Сарой тут же занялись два врача, один из которых был реаниматором. У нее обнаружили сдавливание грудной клетки, рентген зафиксировал гематому в затылочной доле черепа без повреждения мозга и множественные ранения лица. Сканирование подтвердило, что травмы не угрожают жизни. Женщина была на волосок от смерти, но ей повезло.

Лукас и София уехали с больничной стоянки.

Семь дней творения

— Ты бледна, как кладбищенский саван. Не ты его била, София, а я.

— У меня не получилось, Лукас. Я так же не в силах измениться, как и ты.

— Если бы у тебя получилось, я бы тебя возненавидел. Ты трогаешь меня такая, какая ты есть, София, а не такая, какой стала бы, чтобы приспособиться ко мне. Не хочу, чтобы ты менялась!

— Тогда почему ты сделал все это?

— Чтобы ты поняла, что мое отличие — это и твое отличие, чтобы не судила меня больше, чем я сужу тебя, ибо время, отдаляющее нас друг от друга, могло бы и сблизить нас.

София посмотрела на часы на панели приборов и подпрыгнула.

— Что с тобой?

— Я могу нарушить обещание, данное Рен, и причинить ей этим боль. Знаю, она заварила чай, весь день возилась со своими песочными печеньями и теперь ждет меня.

— Не страшно, она тебя простит.

— Да, но все равно огорчится, я пообещала ей не опаздывать, для нее это важно.

— Когда ты должна вернуться?

— Ровно в пять!

Лукас посмотрел на часы. До пяти часов оставалось десять минут, и напряженное движение не позволяло надеяться, что Софии удастся сдержать обещание.

— Ты опоздаешь на пятнадцать минут, не больше.

— Это слишком поздно, уже будет смеркаться. Ей захотелось показать мне свои фотографии при определенном освещении. Это должно было ей помочь, послужить предлогом, чтобы заглянуть в укромные уголки собственной памяти. Я так старалась, чтобы ее сердце обрело свободу, поэтому теперь должна быть рядом. Это ведь все, что я смогу для нее сделать.

Лукас еще раз взглянул на часы и, надув губы, погладил Софии щеку.

— Придется снова прибегнуть к «мигалке» и сирене. До назначенного срока остается семь минут. Велика важность! На всякий случай пристегнись.

«Форд» резко вильнул в левый ряд и помчался по Калифорния-стрит. Все светофоры на севере города, словно сговорившись, закрыли красным сигналом движение на улицах, перпендикулярных этой, открывая перекрестки для одной машины.

* * *

— Да-да, бегу! — крикнула Рен в ответ на звонок, оповещавший, что духовка сделала свое дело.

Она нагнулась достать свои изделия. Горячий противень был слишком тяжел, чтобы удержать его одной рукой. Она оставила духовку открытой, положила на эмалированный стол деревянный диск и, стараясь не обжечься, опустила на него противень. Настало время взяться за специальный тонкий нож для разделки. Она вытерла лоб, почувствовала, как капли пота сбегают по затылку. Обычно она не потела и теперь винила в своем состоянии тяжкую усталость, разбившую ее утром и еще не до конца прошедшую. Она ненадолго отлучилась к себе в спальню. По кухне гулял сквозняк. Вернувшись, Рен посмотрела на часы и стала поспешно расставлять на подносе чашки. У нее за спиной погасла одна из семи свечей на рабочем столе — та, что была ближе к газовой плите.

* * *

«Форд» свернул на Ван Несс. Поворачивая, Лукас в очередной раз сверился с часами. В их распоряжении было еще пять минут. Стрелка спидометра рванулась вверх и вправо.

* * *

Рен открыла скрипучую дверцу старого шкафа. Ее рука с трогательными отметинами времени оказалась под стопкой давно вышедшего из моды кружевного белья, тонкие пальцы сомкнулись на книге в потрескавшейся кожаной обложке. Зажмурившись, она понюхала обложку и положила ее прямо на застеленный ковром пол гостиной. Оставалось только вскипятить чайник — и все будет готово. София должна была появиться с минуты на минуту; Рен чувствовала, что сердце у нее бьется немного быстрее обычного, и старалась справиться с растущим волнением. Она вернулась в кухню, вспоминая, куда задевала спички.

* * *

София изо всех сил цеплялась за петлю над дверцей. Лукас подбодрил ее улыбкой.

— Знала бы ты, сколько машин я водил и ни разу ни одну не поцарапал. Еще два светофора — и мы на финишной прямой. Успокойся, до пяти часов еще две минуты.

* * *

Рен порылась в ящике буфета, потом в ящике сервировочного столика, наконец в кладовой — все тщетно. Отодвинула занавеску под кухонным столом и внимательно осмотрела полки. Выпрямляясь, она почувствовала легкое головокружение и, прежде чем продолжить поиски, покрутила головой.

— Куда я все-таки могла их положить?

Она еще раз огляделась и, конечно, обнаружила коробок на краю плиты. Оставалось чиркнуть спичкой и повернуть ручку.

* * *

Машина с визгом вписалась в поворот. Они находились уже на Пасифик Хейтс, до дома оставалось метров сто. Лукас гордо доложил Софии, что та опоздает на какие-то пятнадцать секунд. Он выключил сирену. Одновременно в кухне Рен чиркнула спичкой.

Взрыв разом высадил в доме все стекла. Лукас ударил по педали тормоза двумя ногами, «Форд» занесло, и он не задел входную дверь, выброшенную на середину улицы. София и Лукас в ужасе переглянулись. Весь первый этаж дома был в огне, преодолеть такую стену пламени было невозможно. Было семнадцать часов со считаными секундами...

СЕМЬ ДНЕЙ ТВОРЕНИЯ

Матильду швырнуло на середину гостиной. Все вокруг нее было перевернуто: столик лежал на боку, зеркало, висевшее над камином, разбилось при падении, ковер усеивали тысячи осколков. Дверь холодильника повисла на петлях, большая люстра раскачивалась, грозя оторваться от едва удерживающих ее проводов. Сквозь щели в полу уже просачивался горький запах дыма. Матильда села и стерла с лица пыль. Гипс на ноге треснул по всей длине, она решительно развела края трещины и отбросила гипс подальше, потом собрала все силы, оперлась о спинку опрокинутого кресла и встала. Похромав по загроможденной комнате, она потрогала дверь и, убедившись, что та холодная, вышла и добралась до перил лестницы. Среди многочисленных очагов пожара еще можно было пробраться, что она и сделала, стараясь не обращать внимания на дергающую боль в ноге. Жар в прихожей был нестерпимый, ей казалось, что у нее сейчас вспыхнут ресницы и волосы. Прямо перед ней сорвалась с потолка и рухнула, подняв фонтан искр, горящая балка. Стоял оглушительный треск, жар обжигал легкие, при каждом глотке воздуха Матильда задыхалась. На последней ступеньке лестницы боль стала такой нестерпимой, что она шлепнулась на пол. Зато внизу еще оставался кислород. Она попыталась отдышаться, прийти в себя. Справа в стене зияла брешь, достаточно было бы проползти считаные метры, чтобы спастись, но слева на таком же расстоянии лежала навзничь Рен. Их взгляды встретились, несмотря на сгущающийся дым. Рен махнула ей рукой: спасайся, дескать, видишь, вот путь к спасению!

Матильда встала, рыдая от боли, стиснула до лязга зубы и двинулась в сторону Рен. При каждом шаге ее пронзала кинжальная боль. Она отпихнула горящие головешки, преграждавшие ей путь. Добравшись до Рен, она легла на пол рядом с ней, чтобы отдышаться.

— Я помогу вам встать... Держитесь за меня! — прохрипела Матильда.

Рен опустила веки в знак согласия. Матильда обняла ее за шею и попыталась приподнять. Ей стало так больно, как еще не бывало, в глазах потемнело, она закачалась.

— Спасайся сама, — сказала ей Рен. — Не спорь! Быстрее вон отсюда! Передай от меня Софии, что я ее люблю, еще скажи, что я обожала разговаривать с тобой, что ты очень привлекательная. Ты чудесная девушка, Матильда, у тебя здоровенное, как ананас, сердце, осталось только хорошенько выбрать того, кому ты его подаришь. Не медли, пока еще есть время! Все равно я хотела, чтобы мой пепел развеяли вокруг моего дома, так что можно сказать, сама жизнь исполняет мое пожелание.

— Думаете, существует хотя бы крохотный шанс, что в вашем возрасте я буду не такой упрямой, как вы? Сейчас отдышусь, и мы попробуем еще разок, две секунды — и мы обе отсюда выберемся... или не выберемся!

В дыре в стене появился Лукас, он уже пробивался к ним. Упав рядом с Матильдой на колени, он объяснил ей, как они втроем вырвутся сейчас из этого пекла. Он снял твидовый пиджак, накрыл им голову Рен, чтобы защитить ей лицо, взял ее на руки и поднял. По его сигналу Матильда прижалась к нему сзади, загородившись им от огня. Несколько секунд — и все трое выбрались из пылающего ада.

Лукас держал Рен на руках, Матильда упала в объятия подбежавшей к ним Софии. Пожарные машины оповещали сиренами о своем приближении. София уложила подругу на лужайку соседнего дома.

Рен открыла глаза и посмотрела на Лукаса с хитроватой усмешкой.

— Если бы мне сказали, что такой красивый молодой человек... — Приступ кашля помешал ей договорить.

— Берегите силы!

— Тебе очень идет роль красавчика-принца из сказки, но не будь же таким близоруким, ведь рядом женщина, которой я в подметки не гожусь!

— Вы — само очарование, Рен!

— Разумеется, как старый велосипед в музее! Не теряй ее, Лукас, некоторые ошибки никогда себе не прощаешь, поверь мне! А теперь изволь меня опустить, думаю, найдется, кому меня прибрать.

— Не говорите глупости!

— А ты не глупи!

Тем временем подоспела помощь. Пожарные уже вступили в бой с огнем. К Матильде подбежал Пильгес, Лукас подошел к санитарам с носилками и они вместе положили на них Рен. София залезла вместе с ним в машину «скорой помощи».

— Встретимся в больнице. Поручаю тебе Матильду!

Один из полицейских затребовал вторую «скорую помощь», но Пильгес отменил запрос: он решил сам отвезти Матильду в больницу для экономии времени. По его сигналу Лукас помог ей устроиться на заднем сиденье полицейского автомобиля. «Скорая» с Рен была уже далеко.

Рен не отрываясь смотрела в окно, на синие и красные сполохи за стеклом, и сжимала руку Софии.

— Странное дело, в день своего ухода думаешь о том, чего никогда не видела.

— Я здесь, Рен, — пробормотала София. — Лежите спокойно.

— Все мои фотографии теперь сгорели, кроме одной, я всю жизнь носила ее при себе. Она предназначена тебе, я хотела отдать ее сегодня вечером.

Рен вытянула руку и разжала пустую ладонь. София удивленно смотрела на нее. Рен ответила ей улыбкой.

— Ты решила, что у меня не все дома? Это фотография ребенка, которого я так и не родила. Она была бы, конечно, лучшей моей работой. Возьми ее и храни у своего сердца, моему она была так дорога! Я знаю, София, однажды ты совершишь такое, что навсегда наполнит меня гордостью за тебя. Ты спрашивала, не сказка ли — история про Башера? Я открою тебе правду. Былью эту историю делает каждый из нас. Не отказывайся от своей жизни, борись! — Рен нежно погладила ее по щеке. — Наклонись, я обниму тебя. Знала бы ты, как я тебя люблю! Ты подарила мне годы настоящего счастья.

Она сжала Софию в объятиях, отдав ей все остававшиеся у нее силы.

— Теперь я немного полежу спокойно. Времени на покой у меня будет хоть отбавляй!

Семь дней творения

София сделала глубокий вдох, чтобы не разрыдаться. Она положила голову на грудь Рен и замерла, вслушиваясь в ее медленное дыхание. Машина въехала в тамбур приемного отделения, ее дверцы распахнулись. Носилки с Рен увезли. Второй раз за одну неделю София осталась сидеть в зале ожидания, предназначенном для родственников пациентов.

В доме Рен гибла в эту минуту в огне потертая кожаная обложка старого альбома.

Двери приемного отделения снова открылись. Лукас и Пильгес ввели Матильду. К ним поспешила медсестра с инвалидным креслом.

— Не надо! — остановил ее Пильгес. — Она пригрозила, что удерет, если ее посадят в кресло.

Сестра зачитала наизусть правила госпитализации, и Матильде пришлось согласиться с условиями страхования и нехотя опуститься в кресло.

— Как ты себя чувствуешь? — спросила ее София.

— Как кокетка во всеоружии!

Интерн увез Матильду на осмотр. София пообещала ее дождаться.

— Лучше не задерживайтесь! — сказал у нее за спиной Пильгес. София обернулась. — Лукас все рассказал мне в машине.

— Что он вам рассказал?!

— Что кое-какие делишки с недвижимостью ему не дороже друзей. Поймите, София, у меня серьезные опасения, что над вами обоими нависла смертельная угроза. Когда я увидел вашего друга в ресторане несколько дней назад, я подумал, что он — правительственный служащий, а оказалось, он приходил к вам. Два взрыва газа за одну неделю, в двух местах, где находитесь вы, — для совпадения это многовато.

— В первый раз, в ресторане, это действительно больше походило на случайность, — сказал Лукас с другого конца зала.

— Возможно, — согласился инспектор. — Во всяком случае, там потрудился настоящий профессионал, мы не нашли ни одной улики, которая указывала бы на покушение. Эти взрывы устроили настоящие демоны во плоти. Не вижу, что может их остановить и помешать добиться своего. Вас придется защищать. Помогите мне убедить вашу подружку оказать мне в этом помощь.

— Это будет нелегко.

— Поторопитесь, пока не запылал весь город! А пока я обеспечу вам безопасность хотя бы на одну ночь. Директор отеля «Шератон» в аэропорту задолжал мне несколько рейсов лифта, вот и пришло время нажать на кнопку! Он сумеет обеспечить вам самый конфиденциальный прием. Я ему позвоню и отвезу вас туда. Попрощайтесь с Матильдой.

София отодвинула занавеску и заглянула в медицинский кабинет.

— Какие новости? — спросила она, подойдя к Матильде.

— Самые банальные! — ответила та. — Мне наложат новенький гипс и будут за мной наблюдать, чтобы я опять не наглоталась ядовитого дыма. Бедняги, если бы они знали, сколько яда я успела наглотаться за свою непутевую жизнь, то так не волновались бы. Как Рен?

— Не очень хорошо. Она в ожоговом отделении. Сейчас она спит, к ней не пускают. Ее поместили в стерильную палату на четвертом этаже.

— Ты приедешь за мной завтра?

София посмотрела на световое панно с рентгеновскими снимками.

— Вряд ли, Матильда, — ответила она, не оборачиваясь.

— Не знаю почему, но я это подозревала. Такова участь подруги: радоваться, когда другая заканчивает незамужнюю жизнь, даже если это сулит тебе одиночество. Я буду очень по тебе скучать.

— Я тоже. Я уезжаю, Матильда.

— Надолго?

— Да, довольно-таки надолго.

— Но ведь ты вернешься?

— Не знаю.

Матильда печально повесила голову.

— Кажется, я понимаю... Живи, София, любовь коротка, память живет дольше.

София заключила Матильду в объятия.

— Ты будешь счастлива? — спросила Матильда.

— Еще не знаю.

— Мы сможем иногда созваниваться?

— Нет, вряд ли это получится.

— Он увезет тебя в такую даль?

— Дальше не придумаешь... Прошу тебя, не плачь!

— Я не плачу, это все дым, у меня еще не перестало щипать глаза. Уходи скорее!

— Будь умницей! — тихо сказала София, отходя от нее.

Прежде чем скрыться за занавеской, она еще раз взглянула на подругу полными грусти глазами.

— Ты сумеешь одна?

— Ты тоже будь умницей. Пора, наконец! — откликнулась Матильда.

София улыбнулась, белое полотно опало.

Инспектор Пильгес сел за руль, Лукас — рядом с ним. Двигатель уже работал. София заняла место сзади. Машина выехала из-под навеса приемного отделения и устремилась к автостраде. Все молчали.

София провожала грустным взглядом фасады домов и перекрестки, с которыми у нее было связано столько воспоминаний. Лукас повернул зеркало заднего вида так, чтобы видеть ее. Пильгес скорчил гримасу и вернул зеркало в прежнее состояние. Лукас терпел несколько секунд, потом снова повернул зеркало.

— Вы мешаете мне вести! — рыкнул Пильгес, поворачивая зеркало по-своему. После этого он откинул правый противосолнечный щиток с зеркальцем и с облегчением положил руки на руль.

Машина свернула с шоссе 101 на стрелку «Аэропорт». Через несколько секунд Пильгес заехал на стоянку перед «Шератоном».

Директор отеля оставил для них сьют на шестом, верхнем этаже. Их зарегистрировали как Оливера и Мери Свит — это Пильгес постарался, растолковав, что фамилии «Доу» и «Смит» только привлекают внимание. Перед уходом он посоветовал «Свитам» не высовываться из номера и питаться там же, заказывая еду. Он оставил им номер своего пейджера и предупредил, что приедет завтра к полудню. Если им станет скучно, они могут приняться за составление отчета о событиях недели, чтобы освободить от лишней работы его. Лукас и София так прочувствованно его благодарили, что он смутился, напустил на себя суровость и был таков. В десять часов вечера «Свиты» остались в роскошном номере одни.

София отправилась в ванную, Лукас улегся на кровать, вооружился пультом и принялся прыгать с канала на канал. Телепрограммы быстро вызвали у него зевоту, и он выключил телевизор. Из-за двери ванной раздавался плеск воды: София принимала душ. Лукас уставился на носки своих ботинок, разгладил брюки, выровнял на штанинах складки. Потом встал, открыл и тут же снова закрыл мини-бар, подошел к окну, приподнял жалюзи, осмотрел безлюдную стоянку и снова улегся. Его внимание поочередно привлекли собственная вздымающаяся и опадающая в ритме дыхания грудная клетка, абажур ночника, пепельница, ящик ночного столика. В ящике обнаружилась книга с эмблемой отеля на обложке, он взял ее и стал читать. Первые же строки повергли его в ужас. Он продолжил чтение, все быстрее переворачивая страницы. На седьмой он возмущенно вскочил и забарабанил в дверь ванной.

— Можно мне войти?

— Сейчас! — крикнула София, надевая халат.

Открыв дверь, она наткнулась на Лукаса, пылавшего праведным гневом.

— Что с тобой? — испуганно спросила она.

— Что за неуважение друг к другу! — Он показал ей книжку и продолжил, тыча пальцем в обложку: — Этот Шератон полностью передул книгу Хилтона! Я знаю, о чем говорю, это мой любимый писатель!

София взяла у него книгу и тут же отдала.

— Это Библия, Лукас! — сказала она, пожимая плечами. Видя его непонимающее выражение, она огорченно произнесла: — Не важно...

Она не смела признаться, что голодна, но он сам догадался, увидев, как она листает меню доставляемых в номер блюд.

— Кое-что мне хотелось бы уяснить раз и навсегда! — заговорила она. — Почему здесь указаны часы? Что из этого следует? Что после половины одиннадцатого утра они запирают кукурузные хлопья в сейф до рассвета следующего дня? Странно, не правда ли? А если человеку захочется хлопьев в половине одиннадцатого вечера? Смотри, с блинами та же история! И вообще, достаточно измерить длину шнура фена в ванной, чтобы все понять: тот, кто это придумал, был лысым, иначе не заставлял бы несчастного постояльца прижиматься спиной к стене!

Лукас обнял ее и привлек к себе, чтобы успокоить.

— Ты становишься требовательной!

Она покрутила головой, краснея.

— Может быть.

— Ты проголодалась!

— Еще чего!

— Я уверен.

— Разве что немного пожевать, только чтобы доставить тебе удовольствие.

Семь дней творения

— Какие хлопья ты предпочитаешь: «Фростиз» или «Спешиэл Кей»?

— Те, которые громче всего хрустят.

— Рисовые «Криспиз»! Будет сделано.

— Без молока!

— Принято, — кивнул Лукас, снимая трубку.

— А сахара, наоборот, побольше!

— Будет тебе сахар.

Он повесил трубку и сел рядом с ней.

— Себе ты ничего не заказал? — удивилась она.

— Нет, я не хочу есть.

Она расстелила на кровати полотенце и поставила на него принесенную еду. Съев одну ложку сама, она заставляла съесть другую Лукаса, тот не отказывался. В небе полыхнула далекая вспышка молнии. Лукас встал и задернул занавески, потом снова растянулся с ней рядом.

— Завтра я придумаю, как нам от них сбежать, — пообещала София. — Должен же существовать какой-то способ!

— Ничего не говори, — прошептал Лукас. — Мне бы хотелось несчетных воскресений, полных восторгов, хотелось бы уверенности, что у нас впереди целая жизнь вместе, но нам ведь остался один-единственный день, и я хочу, чтобы мы провели его вдвоем.

Полы халата на Софии начали расходиться, он снова их запахнул, она прикоснулась губами к его губам и прошептала:

— Ангелу хочется падения...

— Нет, София, крылышки, вытатуированные у тебя на плече, слишком идут тебе, я не хочу, чтобы ты их опалила.

— А я хочу!

— Не так, не так...

Он нащупал выключатель лампы. София прижималась к нему все сильнее.

В своей больничной палате Матильда тоже выключила свет. Еще этим вечером она засыпала над кроватью Рен... Колокола собора пробили двенадцать раз.

И была ночь, и было утро...

СЕМЬ ДНЕЙ ТВОРЕНИЯ

ДЕНЬ ШЕСТОЙ

Она на цыпочках подкралась к окну. Лукас еще спал. За занавесками вставало ноябрьское утро, сквозь туман просачивались солнечные лучи. Она оглянулась и застала Лукаса за потягиванием.

— Ты спала? — спросил он.

Она завернулась в халат и прижалась лбом к стеклу.

— Я заказала тебе завтрак, они сейчас постучатся. Я иду собираться.

— Это так срочно? — спросил он, ловя ее за руку и привлекая к себе. Она села на край кровати и запустила пальцы ему в волосы.

— Знаешь, что такое Башер? — спросила она.

— Звучит знакомо, где-то я, кажется, об этом читал... — проговорил Лукас, морща лоб.

— Я не хочу, чтобы мы расставались.

— София, нас настигает ад, у нас есть только сегодняшний день, нам некуда бежать. Останемся здесь и проживем вдвоем отпущенное нам время.

МАРК ЛЕВИ

— Нет, я им не подчинюсь. Я — не пешка на их шахматной доске, я хочу придумать не предусмотренный ими ход. В гуще невозможного всегда кроется невероятное.

— Ты говоришь о чуде, а это не моя епархия...

— Зато моя! — И она встала, чтобы открыть дверь официанту. Подписав счет, она закрыла дверь и сама прикатила столик на колесах на середину спальни.

— Теперь я слишком далека от их мыслей, чтобы они могли меня услышать, — сказала она, насыпая в миску хлопья. Потом она опорожнила подряд три пакетика с сахаром.

— Ты действительно не хочешь молока?

— Нет, спасибо, с молоком слишком мягко, не хрустит.

Глядя в окно на раскинувшийся вдалеке город, она чувствовала, как в душе у нее закипает злость.

— Не могу смотреть на окружающие меня стены и знать, что теперь они проживут дольше нас, меня это бесит!

— Добро пожаловать на Землю, София!

Лукас встал и удалился в ванную, не до конца закрыв за собой дверь. София задумчиво отодвинула поднос, встала, прошлась по маленькой гостиной, вернулась в спальню, снова прилегла. Ее внимание привлек томик на ночном столике, и она вскочила.

— Я знаю одно место! — крикнула она Лукасу.

Он просунул голову в дверь, в спальню повалил пар.

— Я знаю множество мест!

— Я не шучу, Лукас.

232

— Я тоже, — задиристо ответил он. — Только в такой позе мне наполовину холодно, наполовину жарко: между двумя помещениями слишком велика разница температур.

— Я знаю одно место на Земле, где можно бороться за наше дело.

Даже исполненная надежды, она была так печальна, так взволнована, что Лукас встревожился.

— Что за место? — пробасил он.

— Истинная крыша мира, священная гора, где сосуществуют и уважают друг друга все верования, гора Синай. Я уверена, что оттуда смогу еще обратиться к моему Отцу и что Он, быть может, меня услышит.

Лукас посмотрел на время, высвечиваемое дисплеем видеомагнитофона.

— Узнай расписание. Я одеваюсь.

София бросилась к телефону и набрала номер справочной воздушного сообщения. Автомат поклялся, что оператор вот-вот примет ее звонок. Она в нетерпении наблюдала в окно за парящей в небе чайкой. Она догрызала третий ноготь, а ответа все не было. Лукас подошел к ней сзади, обнял и прошептал:

— Не меньше пятнадцати часов лета, прибавь к этому десятичасовую разницу во времени. Когда мы прилетим, то даже не сможем проститься в аэропорту: к этому времени нас уже разлучат. Слишком поздно, София, крыша твоего мира чересчур далеко отсюда.

Телефонная трубка легла на место. Она обернулась, ее взгляд утонул в глубине его глаз, они впервые обнялись.

МАРК ЛЕВИ

* * *

В нескольких милях к северу чайка опустилась на другие перила. Матильда набрала номер мобильного телефона Софии, оставила сообщение и повесила трубку.

* * *

София сделала шаг назад.

— Я знаю способ! — воскликнула она.

— Не желаешь отказываться?

— Отказаться от надежды? Никогда! Так уж я запрограммирована. Быстрее собирайся — и доверься мне.

— Я только это и делаю.

Через десять минут они вышли на стоянку отеля. Там София сообразила, что им нужен автомобиль.

— Который? — деловито спросил Лукас, осматривая наличествующий автопарк.

По требованию Софии он «позаимствовал» самый скромный экземпляр. Они помчались по шоссе 101 на север. Лукас поинтересовался, куда они едут, но София, занятая поиском телефона в сумке, ничего не ответила. Она хотела набрать номер инспектора Пильгеса и сказать, чтобы он за них не беспокоился, но сначала пришлось принять голосовую почту.

«Это я, Матильда, хотела тебе сказать, чтобы ты больше не тревожилась. Я им уже так надоела, что к полудню меня выпустят. Я позвонила Манче, он за мной заедет и отвезет домой. Он обещал каждый вечер привозить мне еду, пока я не поправлюсь... Может, мне теперь не торопиться? Рен в

234

прежнем состоянии, к ней не пускают, она спит. София, есть вещи, которые говоришь любимому, но не смеешь сказать подруге. Так вот, ты была не только светом моих дней и сообщницей моих ночей, ты была и остаешься моим другом. Куда бы ты ни направилась — счастливого пути! Я уже скучаю по тебе».

София с силой надавила на кнопку, и телефон выключился. Она швырнула его в сумку.

—Поезжай в центр города.

—Что ты надумала? — спросил Лукас.

—Цель — «Трансамерика Билдинг», небоскреб-пирамида на Монтгомери-стрит.

Лукас затормозил на полосе для экстренных остановок.

—Что за игры?

—На воздушные трассы не всегда можно положиться, но пути небесные неисповедимы. Поезжай!

Старый «Крайслер» тронулся с места. Внутри молчали. Машина свернула на Третью стрит.

—Сегодня пятница? — спросила София, снова волнуясь.

—Увы! — отозвался Лукас.

—Который час?

—Ты запросила скромную машину! Обрати внимание, здесь даже нет часов. Без двадцати двенадцать.

—Придется сделать круг, я должна сдержать свое обещание. Пожалуйста, поезжай в больницу.

Лукас свернул на Калифорния-стрит и через десять минут был у больничного комплекса. София попросила его подъехать к отделению педиатрии.

— Идем! — позвала она его, захлопывая дверцу.

Он прошел вместе с ней по холлу, подошел к лифту. Она взяла его за руку, заставила войти в лифт и нажала кнопку. Кабина поехала на седьмой этаж.

В коридоре, среди играющих детей, она узнала малыша Томаса. При виде ее он заулыбался, она радостно замахала рукой и поспешила к нему. И тут она увидела рядом с ребенком ангела. Она застыла, Лукас почувствовал, как она стискивает ему руку. Ребенок взял за руку Гавриила и побрел вместе с ним по коридору, не переставая оглядываться на Софию. У двери, выходившей в осенний парк, мальчик в последний раз обернулся и послал ей воздушный поцелуй. Потом закрыл глаза и с улыбкой исчез в бледном свете дня. София тоже зажмурилась.

— Пойдем, — сказал ей шепотом Лукас и потянул за собой.

Когда машина уезжала со стоянки, София испытала приступ тошноты.

— Ты говорил, что бывают дни, когда весь мир отворачивается от нас, — проговорила она. — Сегодня такой день.

Они ехали через город, не произнося ни слова. Лукас нигде не срезал, наоборот, выбирал самый длинный путь. Он долго ехал вдоль океана, потом остановился. Она повела его гулять по пляжу, окаймленному пеной прибоя.

Через час они были под башней. София трижды объехала здание, не находя местечка, чтобы припарковаться.

СЕМЬ ДНЕЙ ТВОРЕНИЯ

— За угнанные машины не платят штраф! — напомнил ей Лукас, закатывая глаза. — Где хочешь, там и ставь!

София выбрала у тротуара место, предназначенное для машин, доставляющих грузы для компаний, которые арендуют офисы в башне. Она заторопилась к восточному входу, Лукас не отставал. Когда светлая панель ушла в стену, он отшатнулся.

— Ты уверена в своих действиях? — взволнованно спросил он.

— Нет! Иди за мной!

Они прошли коридорами, ведущими к большому холлу. При виде их Петр поднялся из-за своей конторки.

— Тебе хватило дерзости привести его сюда! — сказал он возмущенно.

— Ты мне нужен, Петр.

— Знаешь ли ты, что тебя все ищут, вся наша охрана идет по вашим следам? Что ты натворила, София?

— На объяснения нет времени.

— Впервые вижу, чтобы здесь торопились!

— Мне нужна твоя помощь, я могу рассчитывать на одного тебя. Мне надо на гору Синай, пропусти меня туда через Иерусалим.

Петр чесал подбородок, разглядывая обоих.

— Я не могу выполнить твою просьбу, мне этого не простят. Впрочем... — Он направился в дальний угол зала. — Ты могла бы обрести искомое, пока я буду предупреждать охрану, что вы здесь. Загляни в центральный ящик под пультом.

София кинулась к конторке, из-за которой вышел Петр, и стала открывать все ящики. Один ключ показался ей подходящим, и она, схватив его, потянула за руку Лукаса. Невидимая дверь в стене открылась. Голос Петра произнес у нее за спиной:

— Этот проход работает только в одну сторону, вернуться по нему нельзя. Ты отдаешь себе отчет в своих действиях?

— Спасибо за все, Петр!

Он покачал головой и потянул за большую рукоятку на цепочке. Зазвенели колокола на соборе Божьей Милости, и София с Лукасом едва успели протиснуться в узкий проход, прежде чем закрылись все двери в холле.

Через считаные мгновения оба вышли из калитки на залитую солнцем улочку, уставленную трех-четырехэтажными обшарпанными домами. Лукас настороженно огляделся. София окликнула первого попавшегося ей прохожего.

— Вы говорите на нашем языке?

— Я похож на идиота? — ответил мужчина и с оскорбленным видом ускорил шаг.

София, не отчаиваясь, подбежала к горожанину, переходившему улицу.

— Я ищу...

Договорить она не успела: горожанин уже перебежал на противоположный тротуар.

— Какие гостеприимные люди в священном городе! — иронически бросил Лукас.

София, не обращая на него внимания, обратилась к третьему прохожему — судя по черному одеянию, священнику.

— Святой отец, покажите мне дорогу на гору Синай!

СЕМЬ ДНЕЙ ТВОРЕНИЯ

Священник оглядел ее с головы до ног и удалился, пожимая плечами. Лукас стоял, опершись об уличный фонарь, сложив руки на груди и снисходительно улыбаясь. София сказала шедшей ей навстречу женщине:

— Мэм, я ищу гору Синай...

— Не смешно, мисс, — отрезала прохожая, удаляясь.

София бросилась к торговцу соленьями, раскладывавшему свой товар и одновременно болтавшему с разносчиком.

— Здравствуйте, может, кто-нибудь мне подскажет, как попасть на гору Синай?

Мужчины удивленно переглянулись и возобновили беседу, не обращая внимания на Софию. Перебегая через улицу, она чуть не угодила под машину. Водитель вильнул в сторону, отчаянно сигналя.

— Прелестные люди! — прокомментировал Лукас вполголоса.

София все металась, ища помощи и не находя ее. Она почувствовала, что начинает злиться. Тогда она выхватила из-под прилавка торговца пустой ящик, выбежала с ним на перекресток, взгромоздилась на свою импровизированную трибуну и, подбоченясь, закричала:

— Кто-нибудь, обратите на меня внимание хотя бы на минуту, у меня важный вопрос!

Вся улица замерла, все взоры устремились на нее. Пятеро мужчин, шедших гуськом по тротуару, хором сказали:

— Что за вопрос? У нас есть ответ!

— Мне надо на гору Синай, срочно!

МАРК ЛЕВИ

Раввины встали вокруг нее кружком и заспорили, показывая жестами разное направление. К Софии протиснулся маленький человечек.

— Идите за мной. У меня машина, я вас отвезу.

Он заспешил к старенькому «Форду», стоявшему поблизости. Лукас отделился от своего фонарного столба.

— Быстрее! — поторопил их водитель, распахивая дверцы. — Надо было сразу сказать, что дело срочное!

Лукас и София сели сзади, машина сорвалась с места. Лукас огляделся, прищурился и сказал Софии на ухо:

— Давай ляжем на сиденье, будет глупо, если нас засекут так близко от цели.

Софии было не до споров. Лукас сгорбился, она положила голову ему на колени. Водитель посмотрел на них в зеркало заднего вида, Лукас ответил на его удивленный взгляд широкой улыбкой.

Машина ехала быстро, распугивая гудками пешеходов. Через полчаса она остановилась у очередного перекрестка.

— Вам гору Синай? Получайте! — Водитель радостно обернулся.

София удивленно выпрямилась, водитель протянул руку.

— Уже? Я думала, это гораздо дальше.

— А оказалось гораздо ближе! — ответил водитель.

— Почему вы протягиваете руку?

— Почему? — повысил он голос. — От Бруклина до Мэдисон-авеню, тысяча четыреста семьдесят — это двадцать долларов, вот почему!

Семь дней творения

София вытаращила глаза. За окном машины громоздился внушительный фасад манхэттенской больницы «Маунт Синай».

Лукас вздохнул.

— Извини, я не знал, как тебе об этом сказать...

Он расплатился с водителем и увел Софию, которая не могла вымолвить ни слова. Она добрела до скамеечки на автобусной остановке и села в полной оторопи.

— Ты перепутала горы Синай: схватила ключи от маленького Иерусалима в Нью-Йорке.

Он встал перед ней на колени и взял ее руки в свои.

— Остановись, София... Им не удалось решить судьбу человечества за тысячи лет, так неужели ты думаешь, что нам удастся это сделать за семь дней? Завтра в полдень нас разлучат, так не будем же терять ни минуты, времени у нас совсем мало. Я хорошо знаю город, позволь, я превращу этот день в наше мгновение вечности.

Он помог ей встать, и они пошли по Пятой авеню в сторону Центрального парка.

Он привел ее в маленький ресторанчик в Гринвич-Виллидж. Сад за рестораном в это время года пустовал, но они устроили себе там праздничный обед. Потом, на пути в Сохо, они заходили во все магазинчики, десять раз меняли наряды, оставляя прежние бездомным, бредущим по тротуарам. В пять часов Софии захотелось дождя. Лукас привел ее на парковку, поставил на середину пандуса и щелкнул зажигалкой под дымоуловителем. После этого они гуляли, взявшись за руки, под ливнем,

предназначенным для них одних. Когда сирена
оповестила о приближении пожарной машины,
они бросились бежать и нашли убежище под огромным воздухообменником, где быстро обсохли.
Потом их приютил комплекс кинотеатров. Их не
занимало, чем кончаются картины, важны были
только начальные кадры: семь раз меняли они за-
лы, стараясь не рассыпать в коридорах попкорн.
Когда они наконец вышли на Юнион-сквер, было
уже темно. Такси доставило их на угол 57-й стрит.
Они зашли в большой магазин, работавший до-
поздна. Лукас выбрал черный смокинг, София —
модный костюм.

— Баланс по счетам подводится только в конце
месяца, — прошептал он ей на ухо, когда ее смути-
ла цена.

Они вышли на Пятую авеню и пересекли холл
огромного отеля на краю парка. На верхнем этаже
их усадили за столик у окна, из которого открыв-
вался захватывающий вид. Они отведали все незна-
комые ей лакомства, однако на десерты у нее не
хватило духу.

— От этого я поправлюсь только послезавтра, —
сказала она, сдаваясь и выбирая шоколадное суфле.

В одиннадцать часов вечера они вошли в Центральный парк. Было тепло. Они погуляли по алле-
ям, под фонарями, посидели на скамеечке под рас-
кидистой ивой. Лукас снял пиджак и укрыл Софии
плечи. Глядя на белокаменный мостик над аллеей,
она сказала:

— В городе, куда я хотела тебя перебросить, есть
высокая стена. Люди пишут свои желания на клоч-

ках бумаги и оставляют их между камнями. Забирать их никто не вправе.

Бродяга, тащившийся по аллее, поздоровался с ними и исчез в темноте, под мостиком. Стало тихо. Лукас и София смотрели в небо. Огромная луна лила на них серебристый свет. Их руки переплелись, Лукас поцеловал Софии запястье и, вдыхая аромат ее кожи, прошептал:

— Одно мгновение тебя стоит вечности.

София прижалась к нему. Под блаженным покровом ночи Лукас любил ее с неутолимой нежностью.

* * *

Джуэлс вошел в больничный корпус и незаметно приблизился к лифтам. При желании ангелы-контролеры умели превращаться в невидимок. В кабине он нажал кнопку четвертого этажа. Когда он проходил мимо помещения для дежурных врачей, медсестра не заметила силуэт, скользивший по темному коридору. Он остановился перед дверью палаты, поправил свои клетчатые твидовые брюки, тихонько постучался и на цыпочках вошел.

Отодвинув занавеску, за которой спала Рен, он присел к ней на койку. Он узнал пиджак на вешалке, и взор его увлажнился. Он погладил Рен щеку.

— Я так соскучился по тебе! — прошептал Джуэлс. — Эти десять лет без тебя были слишком долгими.

Он поцеловал ее в губы, и зеленый дисплей на ночном столике подвел под жизнью Рен Шеридан длинную непрерывную черту.

МАРК ЛЕВИ

Тень Рен вознеслась над койкой, и они исчезли вдвоем, рука об руку...

* * *

В Центральном парке была полночь. София уснула у Лукаса на плече.

И был вечер, и было утро...

CЕМЬ ДНЕЙ ТВОРЕНИЯ

ДЕНЬ СЕДЬМОЙ

В Центральном парке подул легкий ветерок. Рука Софии соскользнула на спинку скамейки, от утреннего холода ее пронзила дрожь. Во сне она попыталась спрятать голову в воротник плаща, подобрала колени. Бледный свет зарождающегося дня проникал под ее смеженные веки. Она отвернулась, продлевая забытье. Неподалеку, за деревом, раздался птичий крик, она узнала взлетающую чайку. Она потянулась, пальцы попытались нащупать бедро Лукаса. Рука наткнулась на пустоту, упала на деревянное сиденье. София открыла глаза. Это было пробуждение в полном одиночестве.

Она позвала его и не получила ответа. Она встала и огляделась. Аллеи были пустынны, в непотревоженной сверкающей росе.

— Лукас! Лукас! Лукас!

С каждым повтором ее голос становился взволнованнее, хрупче, тревожнее. Она крутилась, как волчок, выкрикивая его имя, пока головокружение не заставило ее схватиться за скамейку. Трепет листвы возвещал, что единственный свидетель ее пробуждения — утренний ветерок.

Она бросилась к мостику, дрожа от пробирающего до костей холода. В щели между белыми кирпичами она нашла записку.

«София,

я любуюсь твоим сном. Боже, как ты прекрасна! Ты ворочаешься в эту последнюю холодную ночь, я прижимаю тебя к себе, укрываю тебя своим плащом, я хотел бы уберечь тебя от холода всех зим. Черты твои спокойны, я глажу твою щеку и впервые за все свое существование счастлив и печален одновременно.

Это конец нашего мгновения, начало воспоминания, которое продлится для меня вечность. Когда мы соединились, в каждом из нас было столько законченного и столько незавершенного!

На заре я кану в пространство, осторожно удалюсь, лелея каждую секунду, когда еще буду тебя видеть, до самого последнего мгновения. Я исчезну за этим деревом, отдамся во власть худшего. Позволяя им прикончить меня, мы провозгласим победу твоей стороны, и она простит тебя, какими бы ни были твои прегрешения. Возвращайся, любовь моя, в Дом свой, там тебе самое место. Как бы мне хотелось трогать стены твоего жилища, вдыхать его соленый запах, видеть из твоих окон утро, поднимающееся над неведомыми мне горизонтами, о которых я знаю одно — что они твои. Тебе удалось невозможное: ты изменила частицу меня. Теперь я желал бы, чтобы ты закрыла меня собою, чтобы я впредь видел свет мира только через призму твоих глаз...

Там где нет тебя, я более не существую. Наши две руки, сомкнувшись, стали одной десятипалой рукой; твоя рука, ложась на мою, становилась моею, и когда твои глаза закрывались, я засыпал.

Не печалься, на наши воспоминания никто не покусится. Теперь мне довольно закрыть глаза, чтобы тебя увидеть, довольно перестать дышать, чтобы почувствовать твой аромат, довольно встать лицом к ветру, чтобы уловить твое дыхание. Слушай же: там, где я нахожусь, я расслышу отзвуки твоего смеха, увижу улыбку в твоих глазах, уловлю эхо твоего голоса. Просто знать, что где-то на этой земле есть ты, станет для меня, в моем аду, уголком рая.

Ты — мой Башер.

Люблю тебя. Лукас».

София медленно опустилась на ковер из листвы, впившись пальцами в письмо. Она подняла голову к небу, затуманенному грустью.

От крика «Лукас!!!» в парковой чаще содрогнулась земля. Воздев руки к небесам, София рвала своим отчаянным зовом безмолвие, и голос ее прерывал вращение Земли, самый ход вещей.

— Почему ты меня покинул? — прошептала она.

— Не надо преувеличений, — ответил ей Михаил, появляясь под аркой мостика.

— Крестный?

— Почему ты плачешь, София?

— Ты мне нужен! — С этими словами она кинулась к нему.

— Я явился за тобой, София. Ты должна сейчас же вернуться со мной. Все кончено.

Он протянул ей руку, но она отступила.

— Я не вернусь. Мой рай теперь не у нас.

Михаил шагнул к ней, взял под руку.

— Ты хочешь отказаться от всего, что дал тебе твой Отец?

— Зачем было наделять меня сердцем, если ему суждено пустовать?

Стоя с ней лицом к лицу, он положил руки ей на плечи, внимательно посмотрел на нее и улыбнулся, полный сочувствия.

— Что ты сделала, София?

Она погрузила свой взгляд в его и, выдержав со сжатыми губами паузу, ответила:

— Я полюбила.

Тогда голос ее крестного стал тише, взгляд утратил пристальность, свет наступающего дня озарил его лицо. Михаил исчезал на глазах.

— Помоги мне! — взмолилась она.

— Этот союз...

Конец фразы она так и не расслышала: Михаил уже исчез.

...— священен, — закончила она за него, уходя по аллее одна.

* * *

Михаил вышел из лифта, миновал секретаря, поприветствовав ее нетерпеливым жестом, и торопливо прошел по коридору. Постучав в дверь кабинета, он вошел без приглашения.

— Хьюстон, у нас проблема!

Дверь за ним закрылась.

Через несколько секунд стены содрогнулись от громового гласа Господина. Михаил вышел и жестом показал всем, кто ему попался на пути, что все к лучшему в этом лучшем из миров и что все могут возвращаться на свои рабочие места. Потом он устроился за конторкой секретаря и напряженно уставился в окно.

В своем огромном кабинете Господин в негодовании смотрел на дальнюю стену. Открыв правой рукой ящик, Он нащупал секретное отделение и яростно открутил предохранитель, потом ударил кулаком по кнопке. Стена медленно отъехала, за ней открылся кабинет Президента. Теперь два стола представляли собой один, непомерной длины. Каждый стоял за этим столом со своей стороны.

— Я могу Тебе чем-нибудь помочь? — спросил Президент, откладывая колоду карт.

— Не могу поверить, что ты на это осмелился!

— На что? — тихо спросил Сатана.

— На жульничество!

— Разве я первый сжульничал? — возразил Президент заносчиво.

— Ты покушаешься на судьбу наших посланцев! Это беспредел!

— Все шиворот-навыворот! Не ожидал! — Сатана захихикал. — Нет, это Ты первый пошел на жульничество, старина.

— Я — жулик?

— Именно так.

— В чем это заключается?

— Только не изображай передо мной ангелочка!

— Нет, скажи, в чем состоял обман? — спросил Бог.

— Ты опять начал! — сказал Люцифер.

— Что?

— ТВОРИТЬ ЛЮДЕЙ!

Бог кашлянул, почесал подбородок, глядя на противника.

— Ты немедленно прекратишь их преследовать!

— А если нет?

— Если нет, я подвергну преследованию тебя самого!

— Неужели? Попробуй, а я полюбуюсь, что у Тебя получится. Мне уже смешно! Чьи, по-Твоему, адвокаты — Твои или мои?

С этими словами Президент надавил на кнопку в собственном ящике. Переборка стала медленно задвигаться. Бог дождался, пока она проползет половину пути, потом глубоко вздохнул. Сатана услышал с Его конца стола слова:

— МЫ СТАНЕМ ДЕДУШКАМИ!

Переборка замерла. Бог увидел в проеме ошеломленную физиономию наклонившегося вбок Сатаны.

— Что Ты сказал?

— То, что ты слышал.

СЕМЬ ДНЕЙ ТВОРЕНИЯ

— Мальчик или девочка? — спросил Сатана тихо и взволнованно.

— Я еще не решил.

Сатана вскочил.

— Подожди, я сейчас! На сей раз мы должны поговорить.

Президент прошел через свой кабинет, миновал стенку и уселся рядом с Господином, на Его краю стола. Завязался долгий разговор, длившийся... длившийся... длившийся до самого *вечера...*

Потом было утро, и...

...Вечность

В Центральном парке дул ветерок...

Вокруг скамейки на пешеходной аллее кружился вихрь листьев. Бог и Сатана сидели на спинке скамейки. Издали в их сторону брели они. Лукас не выпускал руку Софии. Свободной рукой каждый держал ручку коляски с близнецами. Они миновали скамейку, не увидев сидящих на спинке.

Люцифер, волнуясь, перевел дух.

— Говори, что хочешь, но малышка получилась лучше! — выпалил он.

Бог повернулся к нему с насмешливым видом.

— Кажется, мы договаривались не обсуждать детей?

Они вместе слезли со спинки скамейки и побрели бок о бок по аллее.

МАРК ЛЕВИ

— Согласен, — молвил Люцифер, — в полностью совершенном или полностью несовершенном мире мы бы заскучали, забудем об этом. Но теперь, с глазу на глаз, Ты можешь признаться. Когда ты начал плутовать: на четвертый или на пятый день?

— Почему ты так настаиваешь на Моем плутовстве? — Бог с улыбкой положил руку Люциферу на плечо. — А как же случай?!

И был вечер... и снова и снова наступало утро.

СОДЕРЖАНИЕ

ЛЕВИ М.

Л 36 Семь дней творения: Роман / Пер. с фр.
А. Кабалкин. — М.: Махаон, 2008. — 256 с. —
(Современная классика. Бестселлер).

ISBN 2-221-09767-X (фр.)
ISBN 978-5-18-000763-6 (рус.)

Сегодня Марк Леви — один из самых популярных французских писателей, его книги переведены на 33 языка и расходятся огромными тиражами, а за право экранизации его первого романа «Будь это правдой...» Спилберг заплатил два миллиона долларов.

«Семь дней творения» — своего рода притча, но притча веселая. Бог и дьявол, чтобы решить извечный спор Добра и Зла, посылают на Землю двух своих «агентов», Софию и Лукаса, которым дается семь дней и семь ночей. У каждого свое задание, им позволено все, кроме одного: им нельзя встречаться, да они и не знают о существовании друг друга. И вот однажды...

ББК 84.4(Фр)

Литературно-художественное издание

Марк Леви
СЕМЬ ДНЕЙ ТВОРЕНИЯ

Ответственный за выпуск *М. Галынский*
Оформление *А. Ферез*
Художественный редактор *М. Панкова*
Верстка *О. Городнов*
Технический редактор *Т. Андреева*

ГС № 77.99.60.953.Д.011615.10.07 от 03.10.2007
Подписано в печать 25.04.2008. Формат 84x108/32.
Бумага для офсетной печати. Печать офсетная. Усл. печ. л. 13,44.
Доп. тираж 18 000 экз. Заказ № 1264.

ООО «Издательская Группа Аттикус» —
обладатель товарного знака Machaon
119991, Москва, 5-й Донской проезд, д. 15, стр. 4
Тел. (495) 933-7600, факс (495) 933-7620
E-mail: sales@machaon.net
Наш адрес в Интернете: www.machaon.net

ОПТОВАЯ И МЕЛКООПТОВАЯ ТОРГОВЛЯ

В Москве:
Книжная ярмарка в СК «Олимпийский»
129090, Москва, Олимпийский проспект, д. 16,
станция метро «Проспект Мира»
Тел. (495) 937-7858

В Санкт-Петербурге «Аттикус-СПб»:
198096, Санкт-Петербург, Кронштадтская ул., д. 11, 4-й этаж, офис 19
Тел./факс (812) 783-5284. E-mail: machaon-spb@mail.ru

В Киеве «Махаон-Украина»:
04073, Киев, Московский проспект, д. 6, 2-й этаж
Тел. (044) 490-9901. E-mail: sale@machaon.kiev.ua

Отпечатано с электронных носителей издательства.
ОАО "Тверской полиграфический комбинат". 170024, г. Тверь, пр-т Ленина, 5.
Телефон: (4822) 44-52-03, 44-50-34, Телефон/факс: (4822)44-42-15
Home page - www.tverpk.ru Электронная почта (E-mail) - sales@tverpk.ru